ライオンのおやつ

狮子之家的
点心日

［日］小川糸 著

廖雯雯 译

好好读书

第一章

海野雫小姐：

　　前略，非常抱歉打扰您。

　　感谢几日前专诚致电狮子之家，当时不巧有事外出，希请见谅。

　　不知近来您身体状况如何？

　　已获知您将于十二月二十五日（刚好是圣诞节这天！）抵达。我们这边会为您配备基本生活必需品（如寝具、水杯、牙刷等），按规定，内衣等换洗衣物则由您自己准备。若有必要，可另行购买。

　　不过，这里地处偏远乡村，或许无法及时提供令您满意的服务。关于这点，若能在此获得您的谅解，将不胜感激。

　　此外，我个人非常推荐您搭乘客船前来狮子之家。虽说如今也可利用陆路交通，但从船上眺望的景致别有一番风味。

　　请尽情欣赏沿途风平浪静的濑户内美景。

　　狮子之家全体员工定会尽心竭力，为您今后的人生打造无可取代的时光。

　　就此搁笔，望途中诸事珍重。期待早日与您相见。

狮子之家员工代表　玛丹娜

　　透过船舱的窗户，可以望见飞机划过湛蓝的天空，拉出笔直、雪白的一线。我已不可能再像从前那样，搭乘飞机去往未知的某地旅行。思及此，我会格外羡慕那些搭乘飞机无忧无虑享受旅行的人，并且认为，能够理所当然地相信自己"拥有明日"，实在是格外幸福的一件事。

　　那些人分明活着，对这个事实竟毫无所察，真是备受命运眷顾。所谓幸福，或许指的便是明明置身幸福却对幸福恍若不觉，就这样在琐碎无害的牢骚中度过平凡的每一天。

　　洁白的信纸上画着一条条格线，一个个文字排列其间，温暖得令人忍不住微微缩起肩膀，仿佛药棉，吸收着我极光般时时刻刻变幻不定的情感。为了抑制沉睡在体内的狰狞之物，我必须随时小心翼翼，持续不断地喂给它美味的饵食。

我猛地将脸凑近信纸，细细嗅着文字的气味。仿佛这样做，就能让玛丹娜的话原封不动地钻入体内。接下来的日子，她是我唯一能够倚仗的人。说来也怪，我们素未谋面，我却有种错觉，仿佛自己正靠着玛丹娜的肩往前走去。

记不清这是第几次展开玛丹娜的来信，看完后细心叠好，重新放回信封。世上还有一个人，用这样的方式，对我翘首以待。仅凭这一点，我便觉得自己能够渡过这道人生最大亦是最后的难关。

有生以来初次目睹濑户内的大海，正如玛丹娜在信中所写，海面果真风平浪静，与我此前所见的大海别有不同。它静谧无波，温柔缱绻。我想，尽管耗费时间，但搭乘客船前往确实是正确的选择。

被主治医师告知余生所剩无几时，我陷入一阵茫然，仿佛与己无关，根本无法好好消化事实。如果要用一种相似的感觉来形容，那就是晕船——这是我实际坐在船上才意识到的，而且上船之后，脚下不徐不疾的晃荡之感始终持续着。

无论如何，每当听闻stage一词，我都会想起在幼儿园学艺会上登过的小小舞台，这个习惯至今依然。我所熟知的stage有着伤痕累累的地板，四处贴满胶带，却莫名透着温暖。它是这样一个场所,只要站在上面,我就仿佛变成大人,内心涌现些许自豪之情,尽管长久以来我扮演的都是树木花草、路人甲乙等无足轻重的角色。

stage对面光线昏暗,坐着我最喜欢的人。视线相撞时,他一定会冲我挥手。因此,我喜欢站在舞台上。

时至今日,stage这个单词仿佛一盏灯,仍然在我心里绽放幽微的光芒。我这么说,大约会被笑话过分傻气,但我很想将stage原封不动地存放于记忆的场所,哪怕等在前方的是死亡,哪怕通往未来的阶梯已不复存在。

忽然回忆起父亲,当然是有原因的。零星散布在海面的岛影,有着饭团的形状。从前父亲为我做的饭团,也是这样的三角形,而且是规规矩矩的正三角,像极了父亲一本正经的性格。因此,我每次吃的时候,会因破坏掉它们的外形,感到有些可惜。

大约在五年前,我见了父亲最后一面。他出差来到我的公司附近,说偶尔也一起吃顿饭吧,我便与他一块儿去了离公司不远的寿司店。我已记不清当时同父亲聊了什么,肯定是些普普通通的日常闲话。那天,我原本想请父亲吃饭,最后却仍是父亲结的账。之后没过几日,我便与父亲道别了。

尽管被我称作父亲,在户籍上他却是我的舅父。此事鲜少为人知晓。恐怕平日里,连作为当事人的我与父亲,也早已忘记彼此并非亲生父女。对我们来说,这是不足挂齿的小事。

我与父亲睽违数年再次相见,不久即查出自己罹患不治之症,并已发展至晚期。我以自己的方式努力与它抗衡过,面对它的强势,终究败下阵来。

于是,此刻的我坐在这艘客船上,离开了长期居住的公寓,解除了租赁合同,并决定在狮子之家聊度余生。对于这些事,父亲一无所知。倘若知晓,我们一定会吵得天翻地覆。我不愿意让这种事情扰乱父亲的平静生活。更何况,无论父亲知不知道,都无法改变木已成舟的事实。

顷刻间,船上变得有些喧哗。或许客船很快便会抵达海岛。方才遥不可及的岛影,不知不觉地渐渐逼近。

船速一点也不慢。客船看起来优哉游哉,其实正老老实实地向着目的地驶去——一如我的疾病。

即将抵达的这座海岛仿佛蓬松的蛋白酥皮卷,呈现出流畅的山丘形状。当地人称它为柠檬岛,据说是因为从前人们在岛上栽培过大量本地柠檬。

确定玛丹娜的来信已被好好收进手提包里,我摇摇晃晃地站起身,披上大衣。我有好几件大衣,它并非我的最爱,却质地最轻，最不易给身体增添负担。思量一番，我选择留下它，把其余几件连同鞋子、手提包送到公寓附近的二手成衣店一并处理掉。

十二月已接近尾声，此地仍不太冷。果然，哪怕是冬季，濑户内也很温暖。我抬起头，只见天空湛蓝一片，如同一张轻轻贴在头顶的水蓝色折纸，将影子映在海面，闪烁着青蓝的辉泽。方才还挂在空中的那道飞机云，早已消失无踪。

客船减慢速度，缓缓驶向栈桥，终于停靠在码头。工作人员轻快地跳到岸上，卷起缆绳，固定船身。一位身轻如燕的工作人员，甚至在头上松松垮垮地戴着圣诞老人的帽子。

乘客争先恐后地下船，我花了些时间整理行李，然后往通道走去。船身仍在微微摇荡，上岸时，头戴圣诞帽的工作人员不经意地伸手拉了我一把。现在的自己还能凭借双腿行走，可真让人安心。

玛丹娜在码头等我。事实上，她并未在胸前佩戴标有"玛丹娜"的姓名牌，我仍一眼将她认了出来。

原本以为，会给自己取名"玛丹娜"的女子该是更加年轻的姑娘，但眼前的她约有七成发丝染上白霜，梳成两根辫子垂在胸前，齐整得宛如神社的注连绳。她穿着合身的女仆套装，不停低头致意，以至于我根本来不及看清她的容貌。这副打扮是角色扮演吗？抑或是圣诞节的缘故？真是不可思议的女子，难怪为自己取名"玛丹娜"。

她的围裙饰有花边，雪白无垢，全身上下没有花哨的颜色，委实有些单调。而打破这单调法则的唯一道具，是她的鞋。玛丹娜竟然穿着一双红艳艳的漆皮系带鞋，而且看起来异常协调。

戴着圣诞帽的工作人员帮我把行李搬到岸上。我拖着小小的手提箱，走到玛丹娜身边。

"初次见面，请多多指教。"我对玛丹娜鞠躬道。

"欢迎来到狮子之家，路途遥远，您辛苦了。"玛丹娜闻言，将头埋得更低，两根辫子的发梢险些着地。我忽然想起，幼年时代，父亲曾为我讲过莴苣姑娘的睡前故事。

"圣诞快乐。"玛丹娜说，声音夹杂少许羞涩。

其实我也不太好意思当面向人问候"圣诞快乐"，玛丹娜的语气反倒让我放心，我与她似乎已经有了共同点。我看着她弯成月牙形的眼睛，在里面找到温柔笑意。

她尚未开口说"请这边走"，一辆造型奇特的自行车便吸引了我的注意。它看上去像三轮车，配有巨大的车厢。

"为保证安全驾驶，请您坐在这里。"

玛丹娜似乎打算骑着它将我带去狮子之家。我的手提箱放在她脚边，随身行李寥寥无几，更大的箱子已事先拜托快递公司直接送过去了。

待我在车厢里坐下，系好安全带，玛丹娜才载着我离开。

"感觉如何？"默默地骑了一会儿，玛丹娜问道。

"简直太棒了！"

坐在车上感觉格外舒适，我完全顾不上同玛丹娜攀谈，真希望就这样随风而去。

自从离开公寓，一路上我始终戴着口罩。此刻，我下定决心似的摘下它，体会着久违的解放感。新鲜空气如雪崩一般源源不断地涌至肺底。哪怕只是为了品尝这里的空气，也值得来到柠檬岛。那种感觉，好像整个肺部被干净的空气从内到外地清洗过。

玛丹娜说："那就好。这是从德国订购的最新款货运脚踏车，雫小姐是第一位乘客。"

说完，玛丹娜不由得回头看了我一眼，佯装没有发现我的惊讶。她调整好姿势，轻松地踩着脚踏板，不知何时戴上了白色蕾丝手套。那个瞬间，我觉得自己仿佛坐在包租小汽车里，而她就是我的专属司机。

"您会不会很累？"我担心地问。

"目前并无问题。平时我缺乏运动，骑着它相当于锻炼身体，而且这是电动式的，车速还能提升呢。"玛丹娜淡淡地回答。

她的声音总是这样沉静，犹如比目鱼轻盈地擦过深深海底。她似乎可以看穿一切，绝不会为突如其来的变故动摇。语气始终平稳，表情亦没有改变。

若有必要，她会耐心地为我介绍，比如"穿过这座鸟居，前方是历史悠久的神社""这里是当地人经常光顾的超市""过了那座桥，可以利用陆路交通前往本州""这是岛上唯一的咖啡馆""邮局和ATM机就在那处拐角""流浪猫们常常跑来这个公园聚会"。玛丹娜的说明简明扼要，没有任何多余的修辞，却能准确传递必要的信息。听着听着，我将下巴搁在蜷曲的膝盖上，漫不经心地欣赏起岛上的风光。

直到昨天为止，我的眼前还充斥着各种人造景观，这里给人的印象却全然不同。我来不及回神，恍觉误入了某部电影的外景场地。尽管如此，我其实明白，柠檬岛是个空气清新、魅力非凡的好地方，犹如八面玲珑的美人，无论从哪个角度看，都美得那样无懈可击。而且，视野尽头永远能够出现大海。这让我的内心得到了纾解。

有个词叫"临终的住所",于我而言,这里便是"临终的岛屿"。或许这样也不错。当主治医师告诉我来日无多时,我忽然期待能在温暖的地方,每日望着大海,度过最后的光阴。因此,相比僵硬地躺在煞风景的房间里,瞪着低矮的天花板迎接死亡,柠檬岛实在是个很好的选择。不知是不是疾病的影响,我时常感觉寒冷刺骨。

为了这件事,我曾向专业护理师咨询,对方深思熟虑一番,从好几家备选机构中推荐了狮子之家。有生之年,我想尽量避开那种冷得四肢僵硬的感觉。

"到了哦。"

听闻此言,我猛地抬起头,只见玛丹娜正微眯着眼睛,望向闪闪发光的海面。

我走出车厢,面朝大海,深深呼吸。

空气清新极了。

由于实在清新得过分,我接连不断地呼吸着,两次、三次,反复不停。仿佛只要吃下它,我的胃便能餍足。像这样贪婪地将空气当作成熟的果实品尝,已经多久不曾经历了?

在此之前,我多少有些畏惧呼吸空气。这具身体早已丧失免疫力,一旦感染厉害的病毒,病情便会迅速恶化。因此,我总是不敢无所顾忌地呼吸。

然而在柠檬岛，我可以放心大胆地呼吸。岛上的空气永远流通，纯净得连让人恐惧的杂质也渺无踪迹。狮子之家的正门入口处装饰着华丽的圣诞树，营造出地地道道的圣诞夜氛围。

很快，玛丹娜开始带我参观狮子之家。

原本我不抱任何期望，因为在我的想象中，临终安养院的建筑风格要么很像医院，要么与普通民居无异。没想到，狮子之家竟如一座遗世独立的酒店，既不会过分超凡脱俗，又不会过分烟火人间，令置身其间的人保持优雅从容的心境，仿佛始终被一个大大的微笑守护。虽然从未真正钻入过蚕茧，但我想，或许待在茧中也会像在这里一样，被温柔的光束包围。

"和助产院的氛围有些相似。"我跟在玛丹娜身后，不禁脱口而出。当然，我自己没有小孩，只在朋友产子后前往助产院探望过她一回。

"从某种意义上说，生与死是一体两面般的存在，"玛丹娜忽然停下脚步，对我说，"区别只在于从哪一侧推开那扇门。"

"门？"

玛丹娜欲言又止，我不太理解她的意思。在我看来，生与死处在对立的两极，打个形象的比喻，就是犹如披坚执锐的骑士们逐一对决。

玛丹娜似乎察觉到了我的想法，简明易懂地解释道："是的，在这边的人看来是出口，在对面的人眼中却是入口。我想，无论生还是死，同样具有深刻的意义。我们所有人都处在生命的循环之中，并且不断改变着自己的形貌。追根究底，这个循环里不存在所谓的开始与终结。"

说完，玛丹娜再次安静地往前走去。

我们穿过笔直的走廊，只见迎面过来两位老奶奶，各自在怀中抱着一只大菜篮，篮子里装满菜蔬。根茎上残留着新鲜的泥巴，散发出浓郁的土地气息。

"这是狩野两姐妹。"玛丹娜介绍道。

"今后承蒙二位照顾，我是海野，请多多指教。"我恭敬地低头行礼。

"你不觉得好笑吗？"狩野姐妹中的一位正色道。

"欸？"我不解地看向对方。

"你看，咱们的姓氏只有一字之差，而我俩已经是老太婆啦，胸部也瘪瘪的。"另一位适时插话道。

我顺势看去，果然从她们胸前的姓名牌上看见"狩野"二字。

"不过，我俩才是'元祖'哦。"梳着丸子头的老奶奶说。

"雫小姐这么年轻，一定不明白你们的意思。"玛丹娜也加入聊天。

姐妹俩闻言，立刻沮丧地住了口。

或许，她们是在同情年纪轻轻便住进临终安养院的我吧？两人仿佛吃下意想不到的苦果，露出心疼难言的表情。

说实话，从前与疾病正面抗争时，每每遭遇对方这样的反应，我总是焦虑不安，几乎在内心深处哭喊着，请不要视我为幽灵或瘟神。

然而如今，我再也没有精力了。无论愤怒，抑或哭泣，甚至空欢喜，我都已厌倦，不想为一切无用的情绪耗费心神。感情的爆发意味着削弱生命，对此我有切实的体会。所以，我放弃抵抗。我停了下来，决定随波逐流地生活，跟随生命的海浪抵达这座小岛。

若说我有什么真正的心愿，那就是在岛上看看大海，放松地生活，确保身体不再插满软管，日日好眠。我选择狮子之家正是这个缘故。当时，我搜集了好几所临终安养院的资料，发现只有在这里可以每天望见大海。我也不明白，自己为何如此执着于大海，而非山峦、河川或是森林。能够确定的唯有一件事：我已经离它很近了，离天国。

说不定，这是我做过的最好的选择。从刚才开始，我便感觉自己的心非常熨帖，好像濑户内的大海，被某种强韧的事物包围守护着。

与狩野姐妹道别后，玛丹娜补充说明道："她们负责狮子之家的餐食。具体来说，手握料理大权的是姐姐志麻，负责提供下午茶的则是妹妹小舞。她们的名字很好记吧？志麻和小舞，刚好组成'姐妹'这个词①。"

这里要不要捧场笑一笑呢？我正思索着，玛丹娜已毫不在意地转移了话题，我便也略过不提。

"至于其他工作人员，包括医生在内，通常有十来人，大家共同支撑着狮子之家。"玛丹娜说着，继续往前走去。

虽说是临终安养院，然而并非完全不实施医疗救助。它的确不会采取我此前接受的那些医疗措施，积极救治病患，延长其寿命，不过当患者感到痛苦时，也会竭尽全力减轻他们的身心负担。这些是我从专业护理师那儿听说的，于是很快决定入住临终安养院。疼痛，苦闷，恶心，寒冷，无休止地掉头发、掉睫毛，

---

① 日语中，"志麻""小舞"的发音合起来与"姐妹"的发音相近。——译者注（如无特别说明，均为译者注）

等等，我已彻底厌倦。

"这里是享用下午茶的茶室。"

玛丹娜推开大大的木门。只见室内配有暖炉，我想象着赤色火焰熊熊燃烧的模样，焚烧落叶的气味钻进脑海。

"享用下午茶的茶室？"这个词对我来说稍显陌生，于是反问道。

"不错，按照老式说法，可以叫它'茶室'。用时下流行的新词，就是salon de thé[①]。"玛丹娜的声音仍旧平静无波，"每周日下午三点，这里都会举行茶会。上次，大家一块儿品尝了番薯羊羹。参加茶会的客人可以要求主厨为自己制作一款留在记忆中、想要再次品尝的点心。因为每次只能满足一位客人的心愿，而且需要忠实再现客人记忆中的点心，所以我们希望客人尽可能具体、如实地描述点心的滋味、形状，以及当初品尝时的场景。有的客人还会亲手画出相关情景。"

"下午茶"一词，听上去有种馥郁温暖的独特感觉。

"可是，当天选中的点心不是只有一款吗？大家要如何选出它呢？"我问，同时在心里想着，倘若按照余生长短来排序，那

---

① 法语，也是"茶室"之意。——编者注

也太伤感了。

"是抽签。每次由我主持,公正地抽签决定。大家会把点心的名字写在纸上,投进那边的盒子里。既可以用我们指定的纸,也可以用自己手头的便笺,写好后直接带来,没有硬性规定。具体抽中哪位的点心,将保密到茶会当日。"

玛丹娜的回答简洁利落,听起来不像撒谎。可是,这个方法也就意味着,有的人直到离世也无缘再次邂逅记忆中的点心。想到这里,我不禁有些落寞。

然而,这或许便是"人生"了。毕竟,人与人之间不可能存在真正的机会均等。

关上茶室的门,玛丹娜再次解释道:"用餐方式请根据当日的心情自由调整,打算独自一人就在房里,想要和谁一块儿便去食堂。具体用餐时间大致是固定的,假如遇到困难,我们这边可以临时安排,随机应变。对了,您带自己的筷子了吗?"

我刚回答完"带了",玛丹娜便松了口气似的微微眯起细长的眼睛,这个动作使得她新月形的眸子看起来更加细长。

"请问这里有什么生活上的规定吗?"我问出自己在意的问题。

"规定是指什么?"玛丹娜反过来问我。

我一时有些语无伦次："比如早晨几点起床，晚上几点熄灯，几点到几点可以看电视，不得擅自使用手机，亲属探望时间，等等。"

我一边说一边想着，最后一项其实与自己毫无关系。

来这里之前，我已经为曾经所有的人际关系画上句号。我逐一联系朋友，告知自己的近况，见了想见的人，也好好道过别。因此，不会再有人专程前来探望。我还告诉工作人员，自己拒绝任何会面。

人生的最后一程，我不愿在意他人的看法，只盼独自消磨，而后永远离开。这是因为我尚且保留着某种傲慢的尊严，不愿意让任何人看见自己孱弱得不堪一击的模样。

玛丹娜停住脚步，眯着细长的眸子凝视我，口齿清晰地回答道："您提到的那些规定，这里一概没有，因为狮子之家并非医院。只是，洗衣服、打扫房间等家务活儿，请在力所能及的范围内独立完成。若无法完成，我们会尽力提供帮助。您无须勉强自己去做一切无法做到的事。剩下的便是请您自由自在地生活。非要说规定的话，这大概就是唯一的规定了。"

此时玛丹娜所说的一切，应该是指"不用再逼自己努力了"，哪怕直接对讨厌的事情说"不"，也没有人会指责。我曾擅自以为，安养院会要求大家一块儿吃饭、折纸、唱歌，真想说"饶了我吧"，不过现在看来是我误会了。这大概也是我不太了解临终安养院与养老院的区别之故。

眼下有人告诉我，这个地方并无任何规定，若说有，也只是请我自由自在地生活。我放心了。如果是这样，自己或许能够坚持下去，即便不与任何人说话，也是可以被谅解的。在这里，我不打算再扮演"乖乖女"。

"这是雫小姐的房间。"

我静静地跟在玛丹娜身后走着，她突然停下脚步，推开一扇房门。

"啊——"我不由自主地像小学生般低声叫道。

柠檬果园的彼方，铺展着一望无垠的大海。一颗颗饱满鼓胀的柠檬在青空下闪烁着光泽，宛如蜡烛黄澄澄的火苗。

"我真的可以独占这么美丽的房间吗？"

以前住院，我都被安排在大病房，因此总是感到莫名紧张，甚至睡觉时也担心鼾声妨碍别人，以至于更加不安，辗转难眠。从今以后，我可以在独属于自己的房间生活，这么一想，内心便充满感激。

我也思考过较为现实的问题，比如今后要是被追收特别费用就麻烦了。不过，那时候我大约已不在这世上，费用申请单会被寄到父亲那里，由他处理。

或许我的不安在玛丹娜面前露出了马脚。她用手掌轻轻拍了拍我的背，低声说："别担心，零小姐有权自由使用这个房间。工作人员待会儿就把您的行李箱送来。

"距离周日的下午茶会还有一段时间，在此之前，您可以做自己喜欢的任何事情。打算外出的话，也请随意。遇到困难立刻告诉我，我会第一时间赶来的。

"另外，请您把名字写在这块金属板上，贴在房间入口。可以写本名，也可以写昵称，总之，是您希望被大家称呼的那个名字。您看，正因为如此，我才会给自己取名玛丹娜。"

随后，玛丹娜站在房门口，用格外富有活力的声音宣布："玻璃盒里放着'So'，是为零小姐的到来特意准备的。愿您在狮子之家，尽情品味人生的真谛。"

说完，她深深鞠了一躬，轻烟般消失在我面前。

屋里没有旁人，我立刻一头栽倒在大床上。

即便闭着眼睛，阳光也能透过眼睑照进瞳孔。光线十分刺目，神采奕奕地跳着桑巴舞。

"真舒服呀！"我呢喃出声，好心情似乎在发酵。我张开双臂，仍旧够不着床沿。很明显，这张床比我单身公寓里的那张单人床宽很多。

柔软蓬松的被子里塞着羽毛，床垫弹性十足，整个身体不由自主地被吸进去。床单和枕套雪白雪白的，令人心旷神怡，而且触感干爽，或许使用了棉麻布料吧。

"真舒服呀！"我再次嘟囔，差点直接把自己埋进被子里睡过去。这种轻松的感觉，真是久违了。

忽然，一段早已结束的恋情浮现在脑海里。曾有一次，我和他去巴厘岛旅行。两人各自利用带薪假期，匆匆计划了那趟时间紧凑的旅程。那时住宿的度假酒店，也给我类似的感觉。房间里没有华丽的装饰，只在每一个重要位置静静摆放着方便使用的好物。

明明已经和他亲密到可以一起出国旅行，最终仍旧分了手。自从我被确诊患了这种病，他就不动声色地拉远距离，等我回过神，两人早已疏远，而他也从我的生活中消失了。如今想来，恐怕那样做是非常正确的。证据之一便是，最近我从朋友那儿听说他结婚的消息，情绪毫无波澜，反而祝他新婚快乐、生活幸福。这并非在讽刺，而是我真心的想法。

不过，人生中最后一位恋人竟是那种男人，这让我感到有些遗憾。虽然我也体会了恋爱的滋味，可是既不曾惊天动地地爱过，也不曾痛彻肺腑地失去，从这个层面来讲，我的人生简直平凡至极。

咚咚，外面传来低低的敲门声，随后响起一个年轻男子的声音："您的行李为您送来了，已放在门口。"不知不觉间，我竟睡着了。睁开眼睛，只见窗户对面的大海扬起大大的笑容，闪闪发光。柠檬的绿叶泛着涟漪般的光芒，空气中夹杂着柑橘的芬芳。

数日之前，我还在居住多年的单身公寓里收拾行李，伤感得不停落泪。脑子里始终思考着要带走什么、扔掉什么，可是真到需要抉择的时候，无数回忆争相涌现，导致临近出发也没能决定。

我下床走到门口，将行李箱搬进屋里。

打开行李箱，仿佛还能闻到眼泪的味道，然而，我已没有时间伤感。我所做的第一件事是取出睡衣，放进衣橱。

初次体验与疾病做斗争的生活时，我从未想过自己需要这么多睡衣。极端点形容，住院期间拥有足够数量的可供替换的睡衣是非常必要的，我的出汗量极大，即便每隔五分钟换一套干净睡衣，也会很快浑身汗湿。因此，当初收拾行李时，相比日常穿的衣服，我更倾向于多挑几件睡衣。带走再多日常衣物，我也迟早会有一天，并且就在不久的将来，躺在床上无法动弹。尽管现在的我尚且想象不出那样的景况，然而那一天终将到来，它离我并不遥远，所以就连假发，我也只保留了头上戴的这一顶。

不过，我还带来了唯一的漂亮连衣裙。除了试穿，我一次也没在别的场合正式穿过它。裙子是我特别喜欢的品牌，仅靠我的月薪实在舍不得买，毕竟至今光是买袜子、手提包之类的就已经花掉很多钱了。

记得买裙子那日，刚好是在半个月前。平日里逛商场，我总是看看小物件就迅速离开，那天不知怎么回事，我连价格也没事先确认，就挑起衣服来。试穿时心里闪过一丝犹豫，反正衣服都会随我火化，与其花这么一大笔钱买裙子，不如把钱寄给慈善机构，为社会做贡献。然而就在此时，耳畔响起一道清晰的声音。

"不是这样的吧！"

我想，大约是店员在试衣间外嚷着什么，事实上，好像还真是这样。总之，这道偶然传入耳朵的声音从背后推了我一把，彻底吹散了我心里的迷惘。

接下来，我花了好些时间，不慌不忙地挑选离世时穿的衣服。如果当时没有听见那道声音，我一定舍不得如此奢侈，大概会两手空空地走出店铺。那个时候,能够尊重自己的意愿挑选衣服,真是明智的选择。

因为除了自己,我已一无所有。我不会结婚,也不会有小孩,更无法向父母求助,连离世的衣服都不得不亲自挑选。终究不会有人来为我做这一切。

然而,这到底是一笔不菲的开支,店员为我结账时,我紧张得冷汗直冒,心脏差点从嘴里跳出来。店员悉心将连衣裙装在一只大纸袋里,我拎着纸袋走出店门,莫名感到一阵骄傲。

我用衣架把这条连衣裙挂在衣钩上,将新买的套装内衣和睡衣收进衣橱,牙刷插在漱口杯中。以防万一,我还带了肥皂,不过眼下看来似乎派不上用场。狮子之家为我准备了品质上乘、格外环保的肥皂,比我自己带的这块更好。

浴室里贴着瓷砖,角落放着一把椅子,如此一来,只要坐在椅子上就能方便地淋浴。整个房间,包括浴室,似乎都铺有地暖,面对这些堪比高级酒店的设备,高兴之余,我又感到一丝歉疚。

家中在政界并无人脉,我本人既非名门闺秀,也不是有钱人家的大小姐,究竟为何能够住进狮子之家?我已孑然一身,竟然能在环境如此良好的安养院聊度余生,岂不是太过幸运了吗?

胡思乱想之际，一团白色的东西猝不及防地从门外蹿进来。

这东西毛茸茸、软乎乎的，有那么一瞬，我还以为是兔子。随后有人追着它过来，我才看清这白色的一团不是兔子，而是小狗。它公然将我的屋子视为自己的家，理所当然地转悠了一圈。

"散步回来不擦干净，小心被玛丹娜骂哦！"

没过多久，一个男子的身影出现在门口，一看就是病患。他的手足非常枯瘦，唯有小腹不正常地隆起。

"啊，初次……见面……您好。"

我正端端正正跪坐在地板上，见此情形，慌忙朝对方点头行礼。男子拿着一方浸湿的手帕，似乎想给这只白色的小狗擦拭爪子。我朝小狗看去，它的腿果然有点脏，犹如套着灰色的袜子。

小狗仿佛和男子闹着玩，很快逃走，却眼尖地瞅见我放在行李箱中的布偶，立刻把布偶叼在嘴里撒起欢来。真是没想到，狮子之家居然能饲养宠物！

"可以带自己的宠物来这里？"对着眼前刚刚结识的男子，我好奇地问道，想起过来之前，将亲自照料了很久的乌龟送给关系亲密的公司同事，不觉失落。

"好像可以哦。不过这只狗狗不是我的，它的主人曾经住在这里，很早以前去世了。那之后，狗狗就由大家共同照料。"

说着，男子伸出手，打算给小狗擦拭爪子。然而，小狗依旧不理会他，一边发出咕咕的声音，一边忘我地和布偶"搏斗"。

"等等，Rokka。"

"Rokka？"是个有着奇妙发音的名字。

"写成汉字，是六片花瓣的意思，好像是念Rokka。不过，念成Rikka也是可以的啦。"男子应道。

"原来是'六花'，这是雪花的意思呢。"

一直以来，我都很喜欢自己国家的语言。

"您知道得真清楚。"

男子费了好大周折，总算为小狗擦干净了它的四只爪子，本打算起身，动作却不大灵便，好半天没能站起来。六花钻进我的行李箱，冲男子露出不以为意的表情，将我带来的小熊布偶枕在脑袋下，摆出睡觉的姿势。

"能让这小家伙待在这儿吗？"男子终于站直身体，视线在六花与我之间来回兜转。

事情的发展完全超乎想象。我呆呆地点点头，以为自己在做梦，忍不住伸手捏了捏脸。些微冰凉的触感从脸颊扩散开来，果然不是梦。毫无疑问，眼前的一切都是现实。

"六花。"男子离开后，我低低地唤了一声六花。

六花面不改色地躺在行李箱中，一动不动，看来正全心全意地享受酣眠。我带过来的所有布偶，正安安静静地簇拥着它。

每一年，我都会向圣诞老人许愿。

其实，我最大的心愿是能有个妹妹，不过早在幼年时代，我就知道这是自己不该有的期望，因而每次向圣诞老人许愿时，内容一定都是这样的：

"我想要一只狗狗。"

从进入幼儿园到小学毕业，我年年坚持向圣诞老人许同一个愿望。可是，每个圣诞节的清晨，枕边出现的礼物永远是动物形状的布偶。某年是小熊，某年是熊猫，某年是企鹅，某年是老鼠，某年是谜之生物。总之，没有一次是活生生的小狗。

升上初一后，我终于察觉了其中的隐情，对父亲说："我不想再向圣诞老人讨要狗狗了，看，我已经有这么多布偶了。"

我如此单方面地"宣布"，教父亲一脸为难，说不出话来。我想，终其一生我也没法忘记那个表情。我与父亲所住的公寓有许多户人家，所以根本没法饲养猫猫狗狗等宠物。

父亲眼眶湿润，目光含着歉意，用力咬紧下唇，表情像要哭出来，我急忙安慰他。于是，自从那年以后，圣诞老人再也没有出现在我家。

　　似乎为了弥补什么，之后每逢平安夜，我都会与父亲穿上像模像样的衣服，在车站前的酒店共进圣诞晚餐。初一、初二时自然如此，即便在临近升学考的初三那年，我也同父亲在外用餐。于我而言，这意味着家族团聚的时光。

　　我没有与亲生父母共处的记忆。自我懂事起，家里便只有我与抚养我长大的父亲。因为从一开始就是这样，所以我丝毫没有机会感到寂寞或者无趣。偶尔，同学也会对我说"你家没有妈妈真可怜"之类的话，可我不曾体会过有母亲陪伴的滋味，反倒觉得说这话的人值得同情。这件事也证明，在我的成长过程中，父亲对我倾注了大量关爱，以至于我从未悲观地看待过自己的身世。

　　除非工作太忙抽不开身，否则父亲是不会缺席学校组织的课堂观摩的，他还会从公司匆匆赶来参加校运会，也会休长假带我外出旅行或露营，周末则经常陪我去看电影。

　　这么说可能对母亲不太礼貌，但我觉得，生活中没有母亲，我也未曾感到有任何不便。倘若圣诞老人再次出现，要我在母亲与小狗之间挑一个作为礼物，或许我会天真无邪地要求送我小狗吧。

　　我终究没舍得扔掉任何一只布偶，更迟迟无法决定带走哪只、留下哪只。所谓留下，也就等于处理掉。这种事情我做不到，根本没法做到。毕竟，每一只布偶都是我心灵的密友。

当然，我为它们一一取了名，因此决定让它们全都陪在我身边，就算离开这个世界，也要把它们通通带进棺柩。如此一来，我就不必把其中任何一只当作垃圾处理掉。抱着这样的想法，我将伤痕累累的布偶们尽数带来了狮子之家。

有布偶环绕，六花趴在行李箱里睡着了，露出幸福至极的神情。老实说，我很想摸一摸它的白毛，又怕不小心弄醒它，于是拼命按捺自己的情绪。长久以来，我的生活就是与疾病做斗争，早已习惯忍耐。

我目不转睛地凝视着六花沉睡的小脸。我想，选择在今日入住狮子之家只是一个偶然，但这或许是神明赠予我的最后一份圣诞礼物。

这样想着，眼泪几乎夺眶而出，不知道是源于喜悦还是悲伤，说不定兼而有之吧。

六花在我的行李箱中睡了快一小时。醒来后，它慢吞吞地伸了懒腰，跑到门边中气十足地吠了一声。我猜它大概想去对面，刚把门打开，它便一溜烟蹿到走廊上，迅速跑掉了。不过，我与它一定还会再见。

我将So揣在大衣口袋里，走出房间。

若是外出，无须经过狮子之家的玄关，这里的每间房都设计成了直通户外的格局。

我在露台上穿好带过来的帆布鞋，外出散步。如今天气尚冷，等到了夏天，就在露台上睡午觉，想必很是惬意。不过，也许生命中不会再有夏天造访，我心不在焉地想着，仿佛它与自己毫无关系。如果主治医师的预测没错的话，等梅花开过，至多樱花盛开前，我的生命就会燃烧殆尽。

此刻，我尚且无法想象自己的死亡。这颗心脏仍在咚咚跳动，我虽然又瘦了点，但不可思议的是，身体还能活动自如，饭也吃得津津有味。我明白，翻天覆地的奇迹永不会发生，我的人生轨迹将一点一点逼向死亡，而我不过是比别人更早地知晓这个事实罢了。

享年，三十三岁。

确实，客观来看，这段生命过于短暂，可若要说长，仍是足够漫长的一生。即便不及珠穆朗玛峰雄伟，它也尽力容纳过山川与谷涧。

我步履轻快地走下狮子之家所在的坡道，来到海边。沿着梯子往下，能够去到浪花翻涌的海滩。这里的海滩一部分覆盖着细沙，另一部分遍布碎石。大约刚刚退潮，碎石间残留着海藻与贝类。

以防帆布鞋掉进海里，我脱下鞋子，赤足坐在礁石上，望向大海。过了一会儿，我伸手从大衣口袋里掏出那颗糖。之前，玛丹娜确曾告诉我这是"So"，我怀疑她其实说的是"No"或"Zo"。我根本没听过哪种食物叫作"So"，退一步说，假如它被称为"So"，那么"So"这种食物看起来与牛奶糖很像，并且裹着一层薄薄的糖纸。

我剥开糖纸，把糖拿在手里。仔细看去，它呈现淡淡的奶油色，像是鸡蛋或雏鸡的那种色泽。

我在嘴里含了一块，用臼齿慢慢嚼着。

一股怀念之情骤然涌现。这个味道，我再熟悉不过。第一口咬下去，口感脆脆的，发出嘎吱嘎吱的声音，令人联想到儿时尝过的奶糖，但没有那么甜腻，也完全不像糖果；再咬第二口，有甘甜的余味在口腔中徐徐扩散，像玩你追我赶的游戏，以为抓住了，却被它一甩尾巴，逃出手心。这是适合小口小口品味的食物。

莫非是那个？我的心中隐约浮现出一个答案，但应该不可能，因为玛丹娜说，糖是她亲自为我准备的。这时，"母乳"一词倏然掠过脑海。

"怎么会!"

我忍不住揶揄自己。即便从外表看不出真实年龄,玛丹娜也绝不像处于哺乳期的女子,可是……我把余下的糖块放进嘴里,用舌头仔细感受着——神之母乳,这应当是最准确的表述。

从刚才开始,晚风便一阵一阵轻柔地拂过,宛如在用掌心安抚人的情绪,格外甘美,又仿佛神明一次次温柔地亲吻我的额头,对我表示欢迎:"你终于来了。"

我迎着晚风,无所事事地晃着腿,心里不由得产生"活下去"的念头:从今往后,要直面本心,更加诚恳地活下去;要接纳真实的自己,承认她所有丑陋、青涩的部分,坦率地活着;不再顾虑看护师或朋友的想法,疼痛的时候老老实实喊疼,苦恼的时候不再笑着说自己没事;远离"乖乖女"的标签。所有这些,都是神明给我的启示。

仔细想想,我总是以"好"或"坏"为标准判断一切人、事、物,并且所谓的"好"与"坏"不是针对自己,而是针对他人。我习惯优先揣度对方的情绪,牺牲自己的感受,以讨得对方欢心。长久以来我都深信,自己的幸福源于他人对我展露的笑容。

当然，我并不觉得这么做是错误的，不如说，在某种程度上，我的做法相当正确。

可我的确为此牺牲了自己的情感。主治医师告诉我，罹患癌症的根本原因是身体不堪重负，我曾坚持认为这是医生误诊，自己根本没有任何精神压力。

像这样放空思绪眺望大海，我才醒悟，从前的自己活得多么费力，又是多么如临深渊。身体明明在拼命悲喊，不断警告我这样下去很危险，我却充耳不闻，完全不改变生活方式，结果便是将自己推上死亡的舞台。事到如今，也许都怪我太过执拗，太过独自用力。

然而，我的人生尚未走到尽头。

今后无须对外界事物照单全收，强迫自己喜欢。

"你可以再任性些。"大海与晚风在耳边低语。凝视着这片海，我忽然明白，所谓"接纳真实"，就是这么回事。海水的流动绝不因风逆转，一波一波涌来的浪花，便是他物无从反抗的海水最真实的模样。

对中意的事物，说喜欢；对讨厌的事物，说厌烦。

神明温柔地亲吻我道："至少在最后，摘掉心灵的枷锁吧。"

"雫小姐,昨晚睡得好吗?"

翌日清晨,我刚走进食堂,玛丹娜便向我打了声招呼。她戴着白框眼镜,正专心致志地阅读晨报。

"嗯,非常不错。我已经很久没像这样睡个好觉了。"

我绝非夸大其词或刻意讨好,它本就是毋庸置疑的事实。

"太好了!不愧是天然橡胶含量100%的床垫,托它的福,我每天晚上也睡得很香。"玛丹娜微微一笑,眸子依然是熟悉的月牙形状,"睡眠对人格外重要,为此得营造良好的睡眠环境。保证睡眠,保持笑容,让身心同时变得温暖,才能直达生活中的幸福。雫小姐,记得笑一笑哦,要随时带着笑容,开心地度过每一天。"

或许是清晨的缘故,玛丹娜的声调听起来比昨日高亢些。

我决定,从今天开始不戴假发。在狮子之家,不会有人向我投来好奇的目光,也不会有人满怀同情地别开视线。

我还顺势脱下了文胸。以前我时常感到苦恼,明明很不想穿文胸,外出时却不得不穿。今天,我在毛衣外面加了一件背心,应该不会有人看出我没穿文胸。仅仅摆脱假发和文胸的束缚,都足以令我感觉身心舒畅。

虽然并不想与大家一块儿用餐,但这是我入住狮子之家后迎来的第一个清晨,因此打算来食堂看看。

我刚找到一个空位坐下,身后便有声音响起:"早上好。"男子的头上绑着一方印花手帕,是昨天在我房里为六花擦拭爪子的那个人。也许此时应该做一番自我介绍?可是,真的好费劲,两个病患互相解释自己哪里哪里患了癌症,讨论还剩多少日子可活之类的话题,我一点也不喜欢。一时间,我的脑子里转过无数念头,却见男子慢吞吞地递来一张名片。

"鄙姓——请多指教。"

名片上写着"幸存者 粟鸟洲友彦"。我差点就将"粟"字念错,赶紧暗中告诉自己,"西"字下面不是"木",而是"米",所以该念Awa,而非Kuri。

"Awatorisu Tomohiko先生,"我准确无误地念道,"我叫——"

刚准备自报姓名,对方已经熟稔地开口:"你是海野雯小姐吧?"

由于暂时没想到合适的昵称,我便在房间门口的姓名牌上写了自己的本名。

"很像声优或偶像的名字呢。"

得知我的名字后,大家几乎都会这么感叹,果然粟鸟洲先生也不例外。

不知为何,他冲我眨眨眼道:"我就住你隔壁,咱们是邻居,今后要好好相处哦。"

粟鸟洲先生的语气格外亲切,是我不太擅长应付的类型。

见我面露尴尬,玛丹娜双手端着一只沉沉的土锅,故意在我耳边高声说着"悄悄话":"雫小姐,请别放在心上。这人不过是个色大叔罢了。"

"对了,还是快些吃早餐吧。咱们可以让别人久等,却不能让'米粥先生'久等哟。"玛丹娜朗声说道,"今早做的是小豆粥。在狮子之家,我们每天早晨会用不同的米粥迎接客人,一年三百六十五天,天天如此。"

玛丹娜用木碗为我盛了米粥,我坐在椅子上吃着。雪白的米粥上浮着零星红豆,配菜热热闹闹地摆成一排,分别是梅干、昆布、盐渍鲑鱼、鲷鱼味噌。

事实上,住院期间我从未吃过送进病房的米粥。它们大多又凉又黏,令人反胃。可是,面前的这碗小豆粥冒着腾腾热气,口感松软绵密。我用木匙舀了一勺送入口中,只觉它完全颠覆了长久以来自己对米粥的看法。

"真幸福!"

这是我面对最高级的美食才会发出的感慨。它像一碗甘甜的水，拥有梦幻而清澈的滋味。

待我回过神，才发现自己竟连调味用的配菜都顾不上品尝，只是一勺一勺贪婪地吃着小豆粥，越吃越觉得有暖暖的感觉自小腹深处生发，仿佛清凉的泉水滋润着干涸的大地，米粥的养分被输送到身体的各个角落。

我站起身，想要再添一碗。狩野家的妹妹小舞奶奶站在土锅旁。我将碗递给她，请她帮忙盛粥。昨天我尚且分不清姐妹二人，其实梳着丸子头的是姐姐志麻，留着齐耳短发的是妹妹小舞。

"好吃吧？"小舞奶奶一边为我盛热乎乎的小豆粥，一边笑眯眯地说。

"是的。"我回答。

"每天早晨来这儿喝碗粥，会有许多好事发生哦。"小舞奶奶说。

我回到自己的座位，在冒着热气的小豆粥上放了一块梅干，尝一口，虽然很酸，但是很好吃；接着换成鲑鱼试了试，果然很咸，不过也很好吃。我的身体叫嚣着"米粥——米粥——"，双脚有节奏地踩踏地板，随即感觉体内涌出更加强烈的渴求，不一会儿便把第二碗米粥吃光了。

我喝着餐后昆布茶，怔怔地出神，玛丹娜走过来问道："感觉如何？今日的米粥合您口味吗？"

"非常美味。"

真是老生常谈的感想，可是一时之间，我也找不出别的形容词。

"俗话说粥有十利，意思是喝粥有十大好处。"玛丹娜继续对我说道，"喝粥能让我们的皮肤变得光滑，有助于恢复体力，延年益寿，静心安神，保持思维清晰与口气清新，有助消化，预防疾病，饱腹，解渴，改善便秘。"

假如我早点养成喝粥的习惯，是不是就不会罹患这种疾病了？可惜如今说什么都已于事无补。我一边听着玛丹娜的话，一边思索。

"雫小姐，这才刚刚开始呢。从今天起，您将展开全新的人生。请健健康康地享受每一个'今天'。"

玛丹娜总结似的说完，端着空空如也的土锅向厨房走去。本来今早见到玛丹娜，我准备问问她关于昨天那颗"So"的事，谁知沉迷于喝粥，竟把自己的疑惑忘得一干二净，下次有机会再问好了。

话说回来，这杯昆布茶也沁人心脾，十分鲜美。

自从来到狮子之家，每日清晨，我起床后的第一件事就是为自己放一段音乐，这已成为我的日课。

今天早晨，我聆听着耳机里流淌的大提琴旋律，切实感到新的一日如约而至。这一系列曲子算是我的摇篮曲，每当听到十八世纪那些伟大作曲家创作的大提琴组曲，我便自然而然地神采飞扬。

有很长一段时间，它们被我束之高阁。生病后，我意识到自己大限将至，忽然希望重拾这些曲子。清晨躺在被窝里，被舒适的寝具包围，伴着音乐望向晨曦中的大海，实在是至高无上的幸福。

在狮子之家，我的一天便是如此拉开序幕的。

不过，基本生活仍由吃饭和睡觉组成，即吃饭、睡觉，再吃饭、再睡觉，继续吃饭、继续睡觉，还是吃饭、还是睡觉，偶尔我会将"阅读"或"散步"纳入其中。只要本人有诉求，狮子之家还能提供按摩、香薰理疗服务，甚至可以去玛丹娜的房间，躺进巨大的浴缸舒舒服服地泡澡。

起初，我担心这样的生活会过于单调乏味，事实证明我是杞人忧天。这看似单调的生活节奏里点缀着缤纷多彩的细节，处处给人惊喜，我丝毫不觉厌倦。原本以为自己已经足够了解何为美食，来到这里，我对美食的概念有了全新的领悟。简而言之，狮子之家的餐食与普通的"美味"别有不同，那是一种直击灵魂的味道。

等觉察过来，我早已陷入对这里的每一餐翘首以待的状态。料理中大量使用当地的柑橘类植物。我从小就非常喜欢蜜柑等柑橘类水果，至于鲜榨柚子汁，虽然也在店里买过，但价格高昂得令人咋舌，在这里却能尽情享用。还有拌菜用的柚子调味料，一个人生活时，我总是舍不得用，每次只滴一点点，真不知是为了什么。

一日三餐，早饭是米粥，午饭是食堂自助餐，每日菜品略做调整，大致有三明治、太卷寿司、西式浓汤或味噌汤，到了晚上，则是单人份的套餐。

尽管基本上是精进料理[①]，不过也并非只有素菜。午饭的三明治里夹着火腿，晚餐可以根据个人要求增添红肉或白肉，甚至两者皆能满足。令我开心的是，这里的鱼百分之百产自濑户内

---

① 不含鸡、鱼等肉类，仅使用蔬菜、豆腐等植物性食材烹制的料理。

地区。

来到狮子之家的第四日午后,我正躺在床上小憩,不知从何处飘来一股诱人的香味。今天的午饭,是柠檬风味的稻荷寿司配鲉鱼味噌汤,此时胃里尚且残留着几许满足感。

我好奇地打开门,顿觉香味更加浓郁。毫无疑问,这是咖啡豆的香气。在它的诱惑下,我漫无目的地寻至走廊。香味来自走廊尽头的那个房间。门口的姓名牌上,写着"Master"的字样。我使劲嗅了嗅,恰在此时门开了,志麻奶奶从屋里探出头。

"今日Master精神不错,说要为大家煮咖啡。雫小姐也进来喝一杯吧。"

不知从何时起,志麻奶奶便记住了我的名字。我忐忑不安地往里一瞧,只见大家早已坐成一排。

"请进。"四目相对的瞬间,Master用低沉的声音说。

这间屋子与我的房间差不多大,此时化身为一家临时咖啡馆,似有若无的爵士乐轻盈地淌过耳畔。

见玛丹娜也在,我小声问她:"我能喝咖啡吗?过量摄入咖啡因恐怕不好,我一直都不太敢碰。"

其实我很喜欢喝咖啡,但生病以来只好忍痛割爱。

"在这里,但凡自己喜欢的,想吃什么、想喝什么,皆可随意。"说完,玛丹娜再次将眼睛笑成月牙形,补充道,"Master煮的咖啡是全世界最好喝的。"

桌上摆着煮咖啡用的各种器具,或许它们是Master的工作伙伴?就像我选择带着布偶搬进狮子之家,Master也将煮咖啡用的器具带到了这个临终的住所。等距排列的长颈瓶里,焦茶色的水滴正一滴一滴地落下。

Master的年纪大约已过五十五岁,不,也许在六十到六十五岁之间。病人通常看起来较为苍老,说不定他的实际年龄比外表更加年轻。他穿着剪裁得当的衬衫,长裤的腰部以吊带固定,脖子上系着蝴蝶领结,全身上下给人不可思议的熨帖之感。我想象着父亲也做这身打扮,不由得笑出声来。

Master的身后是一望无际的大海。他目光严肃地将热水注入咖啡豆中,我一时想不起那个有着细长壶嘴、状似喷水壶的容器叫什么。他的身边摆着一只电磁炉,上面搁着水壶,壶嘴里正不断冒出水蒸气。

房间里静悄悄的,唯有电动磨豆机研磨咖啡豆时发出的惊人声响。莫非咖啡豆也是Master自己带来的?我观赏着Master煮咖啡的过程,他的动作干净利落、一气呵成,宛如流畅优美的原创舞蹈。

轮到我时，Master首先对我行了一礼，接着往磨成细粉的咖啡豆正中注入热水。扑哧扑哧，杯子里顿时涌起细碎的气泡，在日光下反射出虹色的光芒。

"请用。"

我双手接过Master递来的咖啡杯，恭敬得犹如正在领受毕业证书。咖啡杯下配有成套的杯垫，另附一柄银色汤匙和一块好时巧克力。

"需要加糖和牛奶吗？"

Master低沉的嗓音令我不假思索地回了一句"不用"，其实我很想加点糖和牛奶。

"哎呀，Master可真是偏心呢！"我端起咖啡杯，正打算喝一口，恰在此时，坐在后面的女子戏谑地说道。

"就是就是，我也这么觉得。"不知何时，粟鸟洲先生出现在身后。

"况且，那套咖啡杯和杯垫很特别，还是基诺里[①]的，平时可不见Master舍得用呢。"女子补充道。

---

① 全称"理查德·基诺里"（Richard Ginori），由卡洛·基诺里侯爵于1735年创办，是意大利最古老的瓷器品牌之一。

闻言，粟鸟洲先生与她一唱一和："可不是嘛，平时我想来这边讨杯咖啡喝，还得自己准备杯子，简直太不公平了。总之，你们别看Master沉默寡言，他其实也是一个好色大叔，对年轻姑娘特别优待！"

听着两人打趣，我在心里暗暗地想，自己哪有他说的那么年轻？明知两人并未真正生气，我依旧感到有些赧然。

我把咖啡带回自己的房间，打算一面看海，一面悠闲地品尝。杯子里的咖啡仿佛在轻声告诉我，活着真好。Master的咖啡煮得十分绝妙，苦涩中透着恰到好处的醇厚，如此一来，糖和牛奶便显得画蛇添足了。

置身狮子之家，渐渐地，我开始能回忆起患病之前的自己了。那时我的喜好之一便是喝咖啡。后来，我与咖啡保持了太长时间的距离，以至于差点忘记自己曾那样喜欢过它。身体健康的日子，每逢周末，我都十分期待去公寓附近的咖啡馆或下午茶店品尝各种咖啡。

说起来，那时候也去瑜伽教室学习过瑜伽。

突如其来的回忆，让我产生重练瑜伽的念头。

我将剩下的咖啡一饮而尽，洗干净杯子，在地板上铺好毯子，盘膝而坐。今日的晴空，万里无云。

我回想着瑜伽老师教过的动作，摆好姿势，屏息凝神。从前不费吹灰之力就能完成的动作，如今异常困难；而从前怎么也做不好的动作，现在变得出乎意料地简单。不过，譬如三点倒立这类高难度动作，眼下无论如何也没法完成了。从如今我的身体状况来看，必须避开骨折等意外风险。医生说，我的骨质变得非常脆弱，稍微一个动作便可能导致压迫性骨折。其实，哪怕不做高难度动作，只是舒展一下四肢，也能为我取回神清气爽的好心情。

过了一会儿，我张开手臂和双腿，呈"大"字形躺倒在地板上，一边调整呼吸，一边展开冥想。

我还活着。

我，还好好地活在这世上。

这样想着，活在当下的实感便犹如窗外涨潮的海水充溢于心。身体轻盈地漂在海面上，随波荡漾。

也不知自己在地板上躺了多久。

这时，房门被微微推开一条缝，六花小小的身体钻了进来。六花能灵巧地用自己的鼻尖顶开房门，之前它也是这样，无数次偷偷溜进我的房间。

"六花。"

我闭着眼睛，一动也不动地躺在地板上轻唤六花。六花在我的耳边、嘴边嗅来嗅去，仿佛正寻找食物的气味。它的鼻尖又湿又凉，嗅完上半身，又钻到两腿之间，开始嗅大腿。

"不可以闻那里哦！"

六花在我的腿间嗅得越发起劲，鼻尖不断往里钻。

"要是引起奇怪的感觉，我会伤脑筋的。"

话音刚落，连自己也觉得不可思议。怎么对着六花我就能心平气和地说出如此傻气的话呢？

嗅了一会儿大腿的气味，六花似乎心满意足，下巴枕着我的耻骨，很快进入梦乡。我感到身体痒痒的，有些难为情，然而并不讨厌它这么做。六花温热的呼吸令人无比惬意。

我伸手轻轻碰了碰六花脑袋上的毛，软绵绵的，仿佛人类婴儿的触感。

记得那是念初中的某年冬天，我与一块儿上下学的姑娘聊起未来结婚生子的话题。她与我是总角之交，就住在我家附近。她成绩优异，宣称将来要做职场女性，努力工作，决不结婚。她的神情透着些许得意，表示不生小孩、只谈恋爱也能过好这一生。然后，她问我："小雫，你打算怎么做？"

我说："我啊，我想生一对小朋友——一个男孩，一个女孩。"

与她不同，我没有明确的理想，只是隐约期待着成为一位母亲。那段时间，我常常无心于功课，乐此不疲地思索要为自己的孩子取什么样的名字。无论男孩还是女孩，我都希望和自己一样，用单独的汉字作为名字。

然而世事难料，曾经那么希望做职场女性的她，最终嫁给了大学时代认识的土耳其男子，如今移居加拿大，育有二子。

人生就是如此，不打开盖子，永远不知道里面藏着什么。与她相反，曾经无比期待结婚生子、认真为小孩考虑名字的我，不仅没能怀孕，还因疾病摘除了子宫。

可是——想到这里，我伸出手。

来到狮子之家，我遇见了六花，六花就是我的孩子。

这么想着，我的情绪染上某种庄严的意味，仿佛六花真的是我用子宫孕育的生命，通过产道降临到我身边。

我微微抬起身，见六花仍旧枕在我的耻骨上酣眠。它的心情似乎十分愉悦，或许梦见了什么有意思的东西，咕咕哝哝地咂巴着小嘴，尾巴有节奏地摇来晃去。

第二天，玛丹娜目睹了我与六花的"蜜月"状态，提议道：

"六花是在告诉您,可以带它去散步呢!"

玛丹娜为六花套上项圈,又交给我一根颇有些年月的牵犬绳。有生以来,我还是第一次牵着狗狗去散步。大概没有人知道,从幼年时代起,我就在期盼这一天的到来。我在帆布包里装了些午餐时吃的百吉圈,还有作为餐后甜点的蒸面包。

"走喽!"

刚踏出狮子之家,六花便欢欣雀跃地往前奔去。

"六花,慢一点呀,小雫跑不了那么快呢!"待确定四下无人,我对六花喊道。

小雫,是父亲为我取的爱称。直到我小学毕业,他在家里都这样唤我。

出门前,玛丹娜对我说:"没关系,六花认得路,请放心带着它去散步吧。"

果然如她所说,六花穿过细长的小道,抄近路轻快地往斜坡上跑去。我本想慢慢散着步欣赏沿途风景,六花却有些急不可耐,气势十足地带我闯进更加广阔的世界。为了防止牵犬绳从掌心滑落,我紧紧握着它,犹如握着救生索。

一步一步,一步一步。

仅仅是与六花散着步,我都感到幸福,除此之外,内心找不出其他情感。假如没有患病，也没有被医生告知余生无几，我就不会来到狮子之家，不会结识玛丹娜；无从知晓柠檬岛的存在，无从了解濑户内是片多么丰饶的土地；无法体味米粥的鲜美，无法邂逅Master煮的咖啡；以及，无法遇见六花。

"看来生病也没那么糟糕呢。"六花依然气势汹汹地往前冲着，我在它背后喃喃自语，"小雫的生命里，绝非只有讨厌的事情。"

眼下，我还做不到发自内心地说"生病真好啊"，也无法感谢体内那些癌细胞的存在，不过，我也因此收获了许多礼物，这是无可争辩的事实。

就在此时，不知从何处突兀地传来一道声音。

"六花！"

六花立刻机警地竖起尾巴，威风凛凛地吠了一声，汪！

见我停下脚步，六花越发使劲地扯着牵犬绳，试图往前冲。

"没关系的，可以松开绳子了哦。"对方看着我说道。

我松开手中的牵犬绳，六花疾风一般跑上前去。

那人站在田野中。

"你好。"

六花比我先一步跑进田野，不停地四处转悠，神情兴奋。这是一片葡萄田。

"你好。"

站在那里的，是名与我年岁相差无几、略显年轻的男子。他微微掀起头上那顶格子花纹的鸭舌帽，向我打了声招呼。

"风景真美呢！"我回过头，望着大海说道。

远远看去，湛蓝的海面在山坡下闪闪发光。

"没错，我也最喜欢从这片田野望去的景色。"他说。

"我是住在狮子之家的……"

我刚开口，他便接过话茬道："是雫小姐，对吧？前几天，我见过你一面。"

见我一脸诧异，他又解释道："还记得吗，你从本州搭船来岛上那天，我在船上帮忙？"

他的神情有些羞涩。

"啊，莫非你是戴着红色圣诞帽的那位工作人员？"

"对，就是我。其实我原本不想戴那帽子的，可船长说，今天是圣诞节，你就牺牲一下吧。唉，平日里我也受过船长不少照顾，心想就按他说的做吧。然后，我告诉玛丹娜，那天我要在船上打工，玛丹娜便叮嘱我，说既然如此，雫小姐应该也会在那天搭船来岛上，如果她遇到什么困难，记得帮帮她。"

"原来是这么回事。"

真没想到,大家竟会这样若无其事地在我身后默默守护。

"我叫田阳地,负责管理这片葡萄田。稻田的田,太阳的阳,大地的地。请多多指教。"

说着,田阳地君向我伸出手。我也伸手,同他握手致意。

我与田阳地君一块儿坐在亭中的椅子上喝柠檬汽水。据说这凉亭是他亲手搭建的。

喝着喝着,我觉得有些饿了,便向田阳地君提议道:"我带了午餐,要不咱们一起吃?"田阳地君说刚好他也带着饭团,我俩便一边看海一边吃午餐。

我从包里拿出餐食,六花突然飞奔过来。出门前,我为六花带上了小舞奶奶烤制的狗粮饼干。

田阳地君告诉我,他并非在岛上出生、长大,而是五年前搬来此地的。自那之后,他一直致力于栽种葡萄、酿造葡萄酒。说起来,我的这个病也是五年前确诊的。在我与疾病做斗争的日子里,田阳地君正在岛上辛勤地培育葡萄。

"从前岛上到处种着柠檬,后来农户们年纪大了,开始从国外进口便宜的柠檬品种,许多人也因此不再种植,并决定将荒废已久的耕作地开垦为葡萄田,酿造当地的特制葡萄酒。结果不知从何时开始,这件事演变成一个宏伟的计划,大家还说将来要把濑户内的葡萄酒推广到全世界。"

田阳地君落落大方地说着,好像这些并非什么了不起的事。

"你喜欢葡萄酒吗?"他问。

"喜欢。"我老老实实地回答。

"那可一定得尝尝我们酿的葡萄酒。狮子之家应该能够喝到。"

田阳地君说着,咬了一大口饭团。我应了一声,开始吃百吉圈。早知道百吉圈这么好吃,出门前就该多带几个。

"本来,酿造咱们濑户内自己的葡萄酒是玛丹娜提议的,应该由她负责执行。当时她说,希望酿造好喝的葡萄酒,给住在安养院的人喝。你听说过吗啡葡萄酒吗?玛丹娜还说,想用岛上自制的葡萄酒来做。一开始,大家都没把她的话当回事,但不知从什么时候起,这个计划就在进行中了,等我回过神,人已经来到岛上啦。"

田阳地君是那种会大口大口津津有味地吃饭团的人。与他聊天时,潮湿的海苔香气扑面而来。

"我以前倒是听闻过吗啡葡萄酒,据说喝下可以止痛。眼下我的身体暂时没什么大碍,所以还没喝过。不过,只是单纯地喝喝葡萄酒,也是一种享受。"

恐怕和咖啡一样,酒精对我的身体也有害,为此,我已经很长时间滴酒不沾了。

"如果你喜欢葡萄酒,就请一定尝尝,然后把感想告诉我。好不容易等到今年,大家可以喝上正宗的葡萄酒了呢。"

一旦谈及葡萄酒的话题,田阳地君的语气便充满干劲。

我俩正聊得投入,蹲在脚边的六花忽然撒娇般呜咽一声。

"吃吧。"

田阳地君掰了一小块狗粮饼干,喂进六花嘴里。咔嚓咔嚓,咔嚓咔嚓,六花像往常一样,吃得很香甜。

"这家伙胃口太好了。"

六花感受着田阳地君的抚摸,舒服地扭了扭身体。

"这个地方,就算平日里我不在,你也尽管过来。现在还冷,等天气暖和些,可以在这儿睡午觉或是看书,心情会很放松的。"见我收拾东西准备离开,田阳地君说。

现在是他的工作时间,老这么打扰他可不好。

"我会再来玩的。"

闻言,田阳地君再次微微掀起格子花纹的鸭舌帽,以示道别。

我为六花系好牵犬绳,步履轻快地牵着它走下山坡。回去的路上,它乖巧许多,没有拼命拉扯绳索。

"六花,谢谢你。"我说。

是六花带领我结识了田阳地君。

"小雯要是有一副健康的身体,或许会喜欢上他吧。"

六花对我意味深长的自言自语充耳不闻,专心致志地往狮子之家走去。

晚饭不如加点一份肉菜吧,配上田阳地君亲手酿造的葡萄酒。

第二章

周日午后三点,大家齐聚下午茶室。

来客中,有前几日从邻岛赶来参加咨询会的临终医疗专家、专业护理师、看护师、药剂师等,我向他们中相识的几位微笑着打招呼。

原本我并未多么期待周日的下午茶时间,可要说毫无兴趣,倒也不尽然。从前我酷爱甜食,不过有一段时间,由于药物影响,我连最喜欢的点心都吃不下。从那以后,我便有些畏惧甜食。

"不知道今天会有什么点心呢?"

我早早来到暖炉边占位,不一会儿,粟鸟洲先生也来了,泰然自若地坐在我旁边。我暗暗期待Master能够出现在另一侧的空位前,可他似乎根本没有参加这场茶会。

"小雫,你写好菜单了吗?"

粟鸟洲先生猛地凑到我面前。莫非他视力不好？不知为何，我觉得粟鸟洲先生说话时，有一股说教的意味。

"还没。"我不动声色地一点点拉开与他的距离，答道。

"不尽快写完，会被打屁股的哟！"

粟鸟洲先生再次凑上前，这一回，距离明显更近。

"我还没想好要写什么。"我再次若无其事地拉开距离，淡淡地说。

"我跟你讲啊——"明明没人问他，粟鸟洲先生却自个儿滔滔不绝起来，"我点过便利店卖的瑞士卷哦。以前，大概那会儿我还在念初中吧，有个女同学送过我一份礼物，就是瑞士卷。现在那种口味的市面上已经没有卖的了，真遗憾。"

"意思是说，你点了便利店售卖的点心？"

不是手制点心，嗯，这很符合粟鸟洲先生的性格。尽管擅自揣测对方的人生经历不太妥当，但我仍然觉得粟鸟洲先生有些可怜。不料，这位先生浑不在意，甚至开始回忆在那次茶会上尝过的点心，轻描淡写地发表感悟。

"非常美味！当时，小舞奶奶煞有介事地用市贩风格的包装袋把瑞士卷装在里面端给大家，真是越发让人怀念呢！也不知道那女孩如今过得怎么样了。"

我一边听着粟鸟洲先生的描述,一边暗暗构思属于自己的记忆中的点心,脑海里顿时涌现出各种各样品尝点心的场景,反而陷入无法抉择的困境,既舍不得父亲辛辛苦苦为我烤的甜甜圈,又忘不了圣诞节时与好朋友一道亲手烤制的曲奇饼干。

"茶会,正式开始。"

待我回过神,玛丹娜早已姿态端庄地站在众人面前。

她娓娓道来,声音平静,在场所有人都听得十分专注。

"我是在中国的台湾出生的。战争期间,父亲在那里做警察。那时我家兄弟姐妹众多,家里请了用人照顾我们,生活算是相当富足。不过,关于那时的大部分生活经历,我都记不太清了。

"日本战败后,我的双亲带着孩子迁回日本。我们一家失去了住所,财产也被没收,只得辗转寄居在各地的亲戚家中。那段时间,日子过得最是艰辛。母亲上了年纪后,经常抱怨家里的大小琐事。

"有一天,尚在念小学的我放学回家,发现母亲正在为我做点心。只因我说过一句'好吃',住在台湾的时候,母亲便向用人请教了做法。那道点心叫什么,我暂时想不起来,总之是白色的，口感与豆腐很像，在台湾大家经常会吃。

"记得母亲告诉我，她是从父亲种的田里摘来花生，以此为原料做成了这道点心。

"为了养家糊口，父亲在我家附近河滩的堤岸下面开垦出一小片农田。面对这样的父亲，我甚至没法想象他曾在台湾做过警察，总觉得他一直就是贫苦的平民百姓。"

玛丹娜顿了顿，抬起头。依旧是那双月牙形的眼睛，深藏着无人知晓的情绪。

"后来，我特意去查了那道台湾点心，书上写着'豆花'二字，读作toufa，我猜会不会是用豆乳做成的呢？听说在夏天，人们通常将豆花冰镇后食用，冬天则加热后食用。今天为大家准备的是加热后的豆花，上面淋有花生浓汤。"

玛丹娜沉稳的话音落下，茶室里的听众三三两两地鼓起掌。志麻奶奶和小舞奶奶神情庄重地为大家端来豆花。

"请慢用。"

于是，大家纷纷拿起汤匙品尝豆花。

略带暖意和清甜滋味的柔软固体，轻轻滑进喉咙深处。

好像雪花，我想。

雪花落在掌心，顷刻消融。豆花也是如此，触到舌尖的刹那，便消失无踪。

看着大家享用豆花的模样，负责制作点心的小舞奶奶讲解道："豆花上淋的是花生浓汤。在台湾，花生浓汤也会被做成罐头食品，时常出现在家家户户的餐桌上。这次，我们想办法买到了新鲜的花生，熬煮制成花生浓汤，又在汤里加了生姜汁，有暖身的功效。此外，豆乳凝固时会散发刺鼻的豆腥味，为了消除这种味道，便放入了少许白酱油提味。这次做的豆花还未分完，想要再来一碗的话，请举手告诉我。"

小舞奶奶的声音舒缓自如，夹杂独特的地方口音，听起来十分悦耳。

我用汤匙舀了一勺花生浓汤送进口中，闭上眼睛，想象着自己从未到过的台湾街市。

玛丹娜并未说明这道点心是谁下的菜单，不过，答案已经一目了然。希望吃到豆花的那位病患，是武雄先生。我和他尚未深入交流过，仅有的一次照面，是某日经过走廊时，他向我亲切地打招呼："今日的天气真好呢！"他是一位目光温柔、态度谦和的老爷爷。

此刻，武雄先生目不转睛地凝视着碗里的豆花，并不打算吃。见此情形，我立刻明白，这一刻，他一定回忆起了当年的父母与兄弟姐妹。母亲之所以会为他做豆花，或许是因为生活稍稍有了着落，或许是因为当日发生了开心之事，又或许是因为自家农田里父亲种下的花生终于在那天获得了丰收。

武雄先生的视线久久凝在那碗豆花上，仿佛在观看一部令人怀念的无声电影。

元旦清晨，早餐是百合根粥。

前一晚我发烧了，到元旦这天，烧虽然基本已退，但我实在没有心情去食堂，便拜托工作人员将米粥送来房间。掀开涂有红漆的木碗盖，扑鼻皆是米粥清淡的香味。白色的米粥上，零星散落着切成细丝的黄色柚子皮。

真好闻！

我闭上眼睛，深深嗅了一口柚子的清香，顿觉沁人心脾。

然后，我向彬彬有礼地坐在脚边的六花问候道："新年好呀，今年也请多多指教。"

送给六花的礼物是一块新年特制的超大猪骨。六花得到礼物后，大概想在自己的小天地里好好享用，于是叼起骨头，迅速朝图书室一角的六花专用帐篷跑去。

我做梦也没想到，自己会以这样的方式迎来新年。之前我还十分担心，由于孑然一身，自己会在某天不为人知、孤零零地死去。

我一口一口地吃着百合根粥，恍惚感觉有幸福的烟火炸裂开来。明明想要细细品尝，却不停地用汤匙大口吃着。今天吃饭，用的不是私筷，而是一双装在袋里的崭新筷子，筷袋上写有我的名字。想到粟鸟洲先生的筷袋上一本正经地写着"粟鸟洲友彦先生"，我便有些忍俊不禁。

饭后，我在心里琢磨着，也不知道今天能不能喝上Master亲手煮的咖啡，可惜从他的屋里一直没有飘出咖啡香。我十分遗憾地待在自己的房间里，煮了蒲公英咖啡来喝。由于刚刚退烧，我感到一种莫名的畅快，仿佛一下子剥掉覆在体外的薄皮，身体变得舒爽轻盈。

我摆弄着手机，打算听听音乐，咚咚，房门被敲响。我开门一瞧，只见看护师陪着一位老奶奶出现在门口。老奶奶坐着轮椅，全身裹了一套深灰色的修女服。

"我来送新年礼物。"修女模样的老奶奶语速缓慢、如履薄冰般一字一顿地说道。

递到自己手上的新年礼物，是一件莓果形状的针织品。

"杯垫?"我也放慢语速问道。

"那个……是腈……"

老奶奶说话格外吃力,身后的看护师见状,立刻帮她说:"是腈纶刷帚,对吧?修女去年便说要送大家新年礼物,一直在努力编织呢。"

听着看护师的解释,被称作修女的老奶奶微微一笑。

"当时医生说,修女只剩几日光景了,于是她办理了紧急出院手续,住进狮子之家。她说,在这里可以期待每天早晨的米粥,而且要织出自己最喜欢的东西,日渐恢复了精神。她患有认知障碍和心力衰竭等多种疾病,来到狮子之家,身体反而有所好转,应该还不会离开我们呢。"

这番话,看护师既是说给我听的,也是说给修女听的。

"为什么称呼奶奶为修女呢?"我从刚才起就非常在意这个问题,于是向看护师问道。

"奶奶啊,从前一直过着修女的生活。做修女时,她待人待己特别严苛,人也好,动物也罢,甚至蚊子都不敢靠近她。自从生了病,罹患认知障碍,连自己是修女这件事也被她忘得一干二净了。"看护师毫不介意地继续道,"修女,其实您十分厌倦修道院的生活吧?您还记得您的初恋吗?比起耶稣,您更喜欢那个初恋对象源太先生吧？"看护师观察着修女的神情，接连问道。

"源太先生。"修女喃喃自语，嘴里像是含了一颗酸酸甜甜的糖果，羞涩地用双手捂住脸颊。那模样，如同十几岁的少女一不小心将筷子抖落在地上，依旧说笑不停。

或许，即便作为修女，她也曾拥有与修女全然不同的人生。我一边听着看护师的讲述，一边想。

而她人生的另一条道路，并非通往与最初那条截然相反的目的地，只是稍微调整了方向。她本人踏上那条路时毫无所觉，然而一旦踏入，便再无后悔的余地。修女就是这样贯彻着自己的生存之道吧？

"修女，您觉得现在幸福吗？"我俯下身，凝视着修女的眼睛问道。从这个角度看去，她的眼睛犹如人偶般纯洁质朴。

"幸福？"修女反问道，"你的看法是怎样的呢？"

我一时也没了主意，看向看护师。

"将不幸一口气吸入肺腑，再化为感激呼出，你的人生终会闪闪发光。"看护师微笑着说，"早些年，我曾遭遇丧子之痛，那时候，修女赠予我的就是这句话。说真的，在那之前我可讨厌修女了，觉得她心眼很坏，性格难以相处。可当时的她，只是沉默地听完我的故事，用这句话安慰了我，并且说：'我自己也是这样活到今天的,所以在死亡降临之前,让我们一起努力生活吧!'她的话拯救了当时的我,因此,为了报答她的恩情,我会一直这样伴在她身边。"说着,看护师神情一变,目光专注地凝视着修女,"修女,您在那时无私地帮助过我,还记得吗?假如将来某一天,您去了天国,与源太先生重逢,要记得好好向源太先生告白哦。"

听见源太先生的名字,修女再次羞红了脸。

"有时我看着修女,会觉得抱着那样的信仰离开这个世界也不错。我自己终究是个无神论者,不过生活中总有各种各样不顺心的事,因此我想,将来的一切大概只有神明知道吧。"

"您的话很有道理。"我说。不知为何,此时站在修女身边,却有一种微风拂过树梢,接受参天古木荫蔽的错觉。

"毕竟人生不如意事十之八九啊!"我深有感触地脱口而出,转念一想,大概生活就是如此。人生,总是难以圆满。这是走过三十多年人生旅程的我发自内心的感悟。只是,此刻我又认为,说不定正因难以圆满,才多出一分冲破阻碍的乐趣。

"今天吃什么点心呀?"修女催问看护师。

"对哦,修女,想必您也饿了吧。"

看护师迅速将轮椅转向房门的方向,打算带修女离开。

午餐时间刚刚结束，可修女恐怕已将自己吃过午饭这回事彻底忘了。

"修女，谢谢您的新年礼物。我会非常爱惜地使用它的。"

其实根本舍不得用，尽管如此，我还是凝视着修女的侧脸，说出这句话。本想送修女一件物事作为回礼，不巧的是，手头似乎没什么东西能讨修女欢心。

"请多保重。"

修女优雅地向我道别，仿佛她依然置身修道院，拥有修女的身份。我想，修道院的教养早已深入骨髓，她的余生大约也将一直保持修女的言谈举止。

看护师对我行了一礼，推着载有修女的轮椅悄然离开。我静静地在心里告诉自己，所有人上了年纪都会像修女这般，再次回归婴儿状态。

话虽如此，我却十分理解修女那种为了享用每日清晨的米粥而努力活着的心情。在狮子之家，随处可见悬挂的胡萝卜，这里的每一个角落，似乎都散落着微小的希望。

当我躺在床上听音乐时，啃完特制猪骨的六花心满意足地回到房间。它坐在床边，一眨不眨地凝视着我。

要过来吗？我掀起被子一角对六花示意道。它思索了几秒，嗖的一下跳进我的被窝。

也许是刚啃完特制猪骨的缘故，六花的身体散发着新鲜小兽的气味。

六花在被窝里检视一番，慢慢凑近我的脸颊，枕在我的臂弯里闭上眼睛。没过一会儿，耳边传来它安详的打鼾声。

即便用一百个、一千个、一万个"可爱"来形容它，也不足以表达我心里的怜爱之情。体内不断升起某种情感，仿佛甘甜的泉水从泉眼汩汩涌出，浸透指尖、头发、臼齿、内脏等身体的每个部位。

这一定便是常人所谓的"母性"。

我的身体，此时被母性的精华占据，唯愿好好疼爱六花。

不知不觉，我也躺了下来。六花依然枕在我的臂弯里。是在做梦吗？它时而抽动小小的身体，时而动一动腿，不过最常出现的动作是津津有味地咂着小嘴。或许，梦里的六花也在享用美食？这个设想令我心情愉悦。

六花，能够遇见你，真是太好了。

想到这里，泪水不经意地涌出眼眶。

六花的心跳不太有规律，小豆色的鼻尖沁着细小的汗珠，眼角总是积满眼眵，脚上的肉球有点皲裂，打哈欠时会猛地喷出气味独特的口臭……所有这些，我都毫不在意。我喜欢六花的全部。

今日是个难得的晴天，又逢新年，我本想外出走走，但眼看六花睡得如此香甜，便放弃了散步的念头，躺在六花身边陪它睡觉。六花的脑袋实在很沉，我的手臂始终保持一个姿势，几乎发麻，但我依然甘之如饴。

真想一直保持这样的姿势，躺在六花身边。六花像一只热水袋，同时温暖了我的身体和心。

那天晚上，我和六花躺在同一张床上进入梦乡。起初我还有些提心吊胆，让狗狗睡在干净的被窝里，说不定会被玛丹娜或其他工作人员训斥，好在第二天他们什么也没说，我才松了口气。

不过，粟鸟洲先生得知此事后，屡次语气轻浮地调侃道："真好呀，真好呀，六花简直太狡猾了，人家也想变成狗狗啦！"每次我都当作耳旁风，无视他的玩笑。

新年第三天的夜里，我收到田阳地君发来的邮件。

那天，我在食堂用完晚餐，回到房间，一眼便看见手机屏幕上显示着一条名为"新年"的邮件提示。我有些惊讶，就在几分钟前，自己还喝着田阳地君酿制的红葡萄酒，尽管只是玻璃酒杯一小杯,却仍旧让我醉意熏然。当晚的肉菜,是盐釜烧鸭。

雫小姐:

新年快乐。

这个新年你是如何度过的呢?元旦那天的日出,真是美不胜收。

对了,突然这么说可能会给你造成不便,但有件事想问一问。这个周六,要和我一块儿去兜风吗?因为那日我得开车去隔壁岛上配送葡萄酒,所以需要全天用车(话虽如此,却不过是一辆破旧的小型汽车)。如果你愿意,请让我做向导,带你领略岛上风光。

希望今年对雫小姐来说,也是充满欢声笑语的美好的一年!

田阳地

我心下欢喜,忍不住将这封邮件翻来覆去读了好几遍。

结果迟迟拿不定主意,是该花上一整晚品味这种喜悦,而后慢条斯理地回复,还是抱着"就趁现在"的心情立刻回复呢?犹豫再三,我还是选择立刻回复。

田阳地君：

　　新年快乐！

　　今年也请多多指教。

　　谢谢你邀请我去兜风！

　　我很开心。

　　倘若不会给你添麻烦，请一定带我同去。

　　顺便问问，可以让六花与我们一块儿吗？

雫

　　当然可以！

　　中午之前，我来狮子之家接你们。

　　途中咱们再找个地方，一起吃午餐吧。

　　那么，祝你好梦！

　　晚安。

田阳地

我的脸上不由自主地笑开了花。

或许，这会是我人生的最后一次约会。我一面想着，一面自嘲，明明自己的人生行将结束，对恋爱的妄想依然像宇宙大爆炸似的停不下来。当然，我心里十分清楚，自己与田阳地君只是纯粹的朋友关系，时至今日，我本就不该再抱任何期待。可是，能与田阳地君这样的好青年一块儿出去兜风，还是很幸运啊！莫非这是来自冥土的赠礼？我像老婆婆一样想着。

"六花，小雫该穿什么衣服赴约才好呢？"

如果穿着兼作睡衣的运动衫去约会，实在太不像样，可要是选那条为离世而准备的华丽连衣裙，也不合适。

最终，我决定就选初次来狮子之家时穿的那套衣服。田阳地君曾说，那天他和我同乘一艘客船，没办法，如果这是真的，那么周六他就会发现，我的衣服和那日穿的一模一样。诚如玛丹娜在信中所言，想在这座岛上买到自己中意的衣服，比登天还难。

为了避免感冒，第二日我没有外出，整整一天待在暖和的房间里看书。脚边暖烘烘的，让人感觉无比幸福。不用说，六花依然陪在我身边。

周六很快到来。

出发的最后一刻，我仍在犹豫要不要戴假发，最终决定戴着它赴约。我早已习惯他人肆无忌惮的打量，可要是因此而连累田阳地君，那他也太可怜了。并且，我果然暗自期待田阳地君会觉得我可爱，哪怕一点点也好，哪怕戴着假发的模样已不再是真实的我。

时隔两周再次戴上假发，脑袋变得沉甸甸的。我用手指整理了一下发丝，以便让假发看起来足够自然。不过，说什么我也不愿意再穿文胸了。

快到正午十二点时，田阳地君来到狮子之家。我抱着六花坐在小汽车的车后座上。说实在的，即便就恭维的角度而言，他的这辆车也算不上好车，倒是与自称农夫的他格外相称。

我们在港口旁新开的意大利餐厅吃过比萨之后，田阳地君带着我去了位于相反方向的现代美术馆。虽是周六，馆内的游客却很少，安静的氛围让人心情舒畅。一路上总能看见大海，柠檬在阳光下闪烁着莹润的光泽。

海风轻柔，日色绚烂，我切实感到生命正被自己握在手心。明明有很多话想对田阳地君说，明明察觉到感情以光速掠过心头，却笨拙得不知如何表达。于是，我不停地笑着——只能以笑容遮掩。我一边笑着一边祈祷，但愿这份感激之情能传达给田阳地君和六花。

走出美术馆，我们再次驱车绕岛半周，往隔壁海岛驶去。途中经过一座特别长的桥，从桥上望去，视野再次变得开阔。而这座桥，漫长得仿佛能够通向天国。

"真好。"过桥时，我轻声自语着，心想即便田阳地君没听见也无所谓，"能够来到狮子之家，实在太好了。现在，我很幸福。"

或许真的没有听见，田阳地君一言不发地紧紧握着方向盘。

为好几家餐厅送去葡萄酒后，我们沿着来时的长桥返回柠檬岛。待田阳地君停好车，我与他走进神社参道附近的咖啡馆喝下午茶。这家咖啡馆由古旧的村公所改建而成，风格十分可爱，也允许宠物进入。

吧台上摆放着各种各样的柑橘类水果，每次看见这种温暖的黄色，我便觉得内心的夜空里增添了几颗闪烁的星星。

田阳地君酿造的葡萄酒赫然在列。或许见我老是依依不舍地盯着酒瓶，田阳地君善解人意地说："如果愿意，就请尝尝吧。我会负责把它送去狮子之家的。"

咖啡馆的服务员给六花送来苹果，六花满心雀跃。看来无论走到哪里，它都格外招人喜欢。

我乖乖听从田阳地君的话，请服务员为我倒了一杯红葡萄酒，恰好此时有些肚饿，便加点了一份巧克力布朗尼。田阳地君点了一杯鲜榨柑橘果汁。

我将两只手放在身旁的煤油暖炉上烘烤，问道："你为什么想要酿造葡萄酒呢？"

这个问题我好奇了整整一天。

"雫小姐，你问得可真直接呢。"田阳地君苦笑着说。

因为我的时间所剩无几，没有机会旁敲侧击地玩游戏了。

田阳地君说："栽培葡萄，是一项非常烦琐的作业，每个环节都很不起眼，像是翻土、插苗、除虫等等。等它发出新芽后，必须择优选取，拔掉不适合的芽。可以说，培育葡萄基本得依靠天时地利，包括雨量和风向，人力可及之事其实很少，非要说的话便是守护吧。当然，采摘葡萄还是离不开人的。

"事实上，酿酒也只能依赖大自然之手。如果有人问我，想酿这种酒，仅靠人力就能实现一切吗，我会告诉对方，这种想法是不切实际的。说真的，这个道理，不亲自经历失败就不会明白。总之，与伟大的自然相比，人力显得十分微薄。"

田阳地君点的鲜榨果汁制作起来似乎意外地费时，聊到现在，我们面前的餐桌上依然空空如也。

他继续说："我的基本工作，就是守护葡萄的成长。发现'啊，这可不妙'时，会出手干预，其余时候基本任它们自然生长。这样做的结果是，往往可以酿出令人大吃一惊的葡萄酒。我觉得这种葡萄酒里蕴藏着一种能量，只要喝上一口，就能改变饮酒之人的人生。"

这时，服务员终于端来果汁。

我俩轻轻碰杯。对于葡萄酒，我完全是门外汉，可田阳地君他们酿造的葡萄酒相当醇厚。入口时只觉舌尖用力收紧，喝着喝着便慢慢放松，犹如绽开层层叠叠的花瓣，直至喝完最后一滴，恍惚有整片花海铺满心间。

"啊，确实流泪了呢，真好。"田阳地君说。

我这才察觉，不知不觉间，自己竟然喝得流下了眼泪，慌忙用手擦拭眼角。见此情形，田阳地君忙不迭地道歉。

"抱歉，抱歉，我不是在说雫小姐，而是指酒杯上的眼泪。"

我越发不懂他这话的意思，神情莫名地看着他。

田阳地君解释道："这是我的职业病，不由自主地就会去观察。你瞧这里，看得到葡萄酒的水滴流过的痕迹吧？我们把这个叫作'葡萄酒的眼泪'，以此判别这瓶酒的酒精度数和甜度。"

田阳地君把酒杯凑到烛光下，以便让我看得更清楚些。

"如果是清淡型葡萄酒，就几乎不会在酒杯上留下泪痕；而浓郁型葡萄酒呢，会留下十分明显的痕迹，仿佛号啕大哭过一场。"田阳地君耐心解释道，而后把酒杯放回我手边。

"以前喝酒时，我一点都不了解这些。"

不过，葡萄酒会流泪这种说法还真是浪漫。

我用餐叉划开巧克力布朗尼，送了一块到嘴里，而后闭上眼睛慢慢咀嚼，之后再喝一口葡萄酒。重复数次这一系列动作后，我说："感觉到了田阳地君的味道。"

这句话并没有特别的意思。可是，骤然听到自己的名字，田阳地君一下子涨红了脸，连耳根也不例外。我暗暗反省，莫非刚才的话冒犯他了？不过，我心里确实是这么想的。玻璃酒杯中的红葡萄酒，看起来格外诚实、清爽，而且温柔，拥有太阳般的温暖和大地般的强韧，真的就像田阳地君一样。人如其名，田阳地君的人生道路实在配得上他的名字。

我很想继续这样面对面地与田阳地君聊天，于是拿起酒杯，轻轻旋转着里面剩余的葡萄酒。冬至已过，白昼仿佛变长了一些。

老爷爷推着手推车，缓缓走过窗前，身后是古老的小镇街景。穿着运动服的初中生骑着自行车，从他身边飞速掠过。刚才开始，咖啡馆里就流淌着轻柔的钢琴声。田阳地君用手指有节奏地扣着桌面。

和他的身材相比，田阳地君的手指显得有些粗大，指节突出，确实是耕耘土地之人才会有的手。仅仅凝视着他的双手，我的内心便涌出无限欢喜。时间宛如蓬松的绒毛，步履轻盈地路过。

待我喝完最后一口葡萄酒，田阳地君说："咖啡馆前面有座历史悠久、特别灵验的神社，那里生长着一株树龄三千年的楠木，非常值得一看。离这儿不远还有一处温泉，泉水颜色十分有趣。另外，这个时间应该来得及带你去那片沙滩，我自己非常喜欢那里。"

要在接下来的时间里一口气游览这么多地方，委实不大可能。

"听起来每个地方都蛮有意思的，不如挑一个。去沙滩怎么样？"

我想在清凉的海边散步，深深呼吸。

"好的，那咱们就去看海吧。"

说着，田阳地君唰地站起身。一直乖巧地坐在身旁的六花猛地跳起来，身体随之抖了抖。我们结完账，走出咖啡馆。薄暮笼罩着冬日晚空，夕阳迟迟不肯落山。

"哇，天空的颜色好像桃红葡萄酒！"我惊叹道。

"真的呢，涩味与甘甜搭配得恰到好处。"田阳地君轻声说，神情陶醉，仿佛果真在舌尖含了一口桃红葡萄酒细细品尝。

从这里开车去海岸，只需要五分钟。狭长的小道上渺无人迹，让人心情有些忐忑。道路尽头，大海悄然呈现。

海岸线描出舒缓的弧线，犹如神明的臂弯，恰如其分地拥抱着灰蓝的海水。一叶孤舟随波摇曳，似乎下一秒就会沉落。车门刚打开，六花便精神抖擞地飞奔而出，径直向大海冲去。

"脚下光线太暗了，如果雯小姐愿意，可以抓住我的手。"

田阳地君走下车，朝我伸出一只手。机会难得，我想了想，于是挽住他的手臂走向沙滩。大约刚刚退潮，细沙还是湿的，脚边散落着海藻、玻璃瓶和贝类。

走到浪花轻涌的海边，我松开挽住田阳地君的手臂。晚空中，几颗星子明灭不定，好似咬紧嘴唇，拼命眨着眼睛，阻止泪水滑落。

"冷吗？不介意的话，这个给你。"田阳地君顾及我的身体,摘下脖子上的围巾递了过来。

"谢谢。"

我坦率地接受他的好意,将残留着他体温的围巾轻轻绕在自己的脖子上。

"总算暖和起来了。"注视着几乎与夜色融为一体的岛影,我小声感叹道。

客船安静地驶向大海彼方。我不由得蹲下身,望向暮色中的海面。

要是放任气氛沉默下去,我很怕会对田阳地君生出奇妙的情感。因此,必须说些什么打断这股沉默的暗流。这样想着,我便开口道:"每天生活在如此风平浪静的海边,难怪濑户内的人有着温和的性格。"

"自从搬来这里生活,我就没以前那么爱发怒了。说起来,多亏了这片大海,或者说是濑户内的气候的功劳。"

"田阳地君也会发怒吗?"我颇感意外地问。

"当然会,就算是我也会发怒啊。我这个人天生性子急躁,看待事物非常悲观。"说着,田阳地君也在我身边蹲下,"可是,自从开始酿造葡萄酒,我明白了一个道理,那就是人不可能事事顺心如意,哪怕破口大骂,也只会伤害对方,还搞得自己精疲力竭，一点好处都没有。说真的，这份工作磨炼了我的耐性。"

"你说得对。以前我也很爱发火，不过说发火其实不够准确，应该是愤怒，那种面对自己的疾病而生的愤怒之情。我会想，为什么总是自己抽中下下签呢？"我说。

这些想法，以前我从未对人提起。因生病而发怒这种事，会让内心的另一个我感到更加愤怒。

可是，无论怎样捶胸顿足、大动肝火，把布偶狠狠扔到墙上，一整晚失声痛哭，也解决不了任何问题。别说解决问题了，那么做只会让事情越变越糟。当我停止无谓的挣扎后，反而能像现在这样，注视着清澈的大海，疗治支离破碎的内心。仔细想想，我的确是从最近开始收敛脾气的。

"可以许愿吗？"我问，有些话一定只能靠此时此刻的自己来传达。

田阳地君什么也没说，专注地聆听着。

"假如有一天我死了，希望你能带着六花一块儿来到这里，对着天空挥手。我也会努力朝你们挥手的。"为了不让田阳地君难过，我尽量用轻快的语气说，"其实啊，我有些期待，不知道自己死后是什么样的。这可不是嘴硬哦，因为我一直对灵魂出窍啊，冥界啊，天国啊，花田之类的很感兴趣。不过，心里仍旧残留着些许不安，确实不知道自己死后会变成什么样子。可是我又想，或许对那个时刻有所期待，就能消除一点点心里的不安。"

"期待？"

"没错，对'死后'的期待。现在住在狮子之家，我期待的东西可多了。就像在马儿面前挂着一根胡萝卜，好让它跑快点一样，我期待每天清晨的米粥、中午的自助餐、晚上的一汤三菜、周日的下午茶会。咦，说起来怎么全都和食物有关？反正，我给自己挂着许许多多这样的'胡萝卜'。因此，要是能把这些期待延长到死后，我便会有一种被救赎的感觉，然后以此为方向，抱着自己的期待往前走。田阳地君，你可以答应我吗？等我死后，你便带着六花站在这海岸上朝我挥手。对现在的我来说，这个约定是一根胡萝卜哦。怎么说呢，只要想到自己正在等待约定实现，内心就十分雀跃。"我一边说，一边祈祷这份心情能够传递给田阳地君。

"没问题，我答应你。"田阳地君朗声回应道，宛如对着星星起誓。

如果是田阳地君，就一定能够为我实现心愿。

"不过，该在什么时候朝你挥手呢？"田阳地君一本正经地问起细节问题。

"对呢，必须决定一下挥手的时间。"我说。

确实，假如不事先约定具体时间，说不定田阳地君会一直站在海边朝我挥手。

"那么，就在我死后的第三天黄昏，可以吗？"

一周的话会让他久等，第二天又显得太性急，我想了想，提议把时间定在第三天。

"明白。"

"那就拜托你了。"

说完，我忽然站起身，田阳地君也随之起身，与我并肩而立。

晚浪轻轻拉出柔和的线条，仿佛可以把我带向大海的彼方。

这个瞬间，我的内心莫名涌出接吻的渴望。

并非和谁都可以，也并非因为对方是田阳地君。总之，这一刻我盼望着有谁能用他的体温覆盖住我的嘴唇。我已经不想再忍耐了。

我将自己的脸凑到身旁的田阳地君面前，亲吻了他。这是我第一次主动亲吻对方，可谓人生的初体验。

我听凭内心的欲望，用双手轻抚田阳地君的头和脸颊，贪婪地吸吮他的唇瓣。待我回过神，才发现自己犹如一头掠食猎物内脏的狮子。

脑海里一片混乱，也不去管这个吻结束之后，该怎么对田阳地君解释。此时此刻，除了亲吻，我已无路可走，好像不突破这道关卡，便只剩茫茫前路。

吻着吻着，田阳地君"反客为主"，贪婪地衔住我的唇瓣。我们犹如吸食花蜜般渴求着彼此的唇。我知道田阳地君哭了，而我，大概也流下了眼泪。

不知这样依偎着他吻了多久，我想此刻便是结束这个吻的好时机，于是静静地抬起头。

"谢谢你。"

除了这句话，我找不到别的词表达自己的心情。田阳地君什么也没说——虽然什么也没说，却紧紧抱住了我，耳边旋即响起他剧烈的心跳声。要是生命在这一刻终结就好了，我在心里默默祈祷。天空一点点暗下来，世界彻底被夜色覆盖。

"六花！"大声唤着六花的，是田阳地君。

方才，自己忘情地沉浸在与他的亲吻中，竟将六花的存在抛至九霄云外。

数秒之后，六花像一颗流星般从海岸另一端飞扑回来，跳进我怀中。它的嘴角和爪子上沾满沙子，在我怀中一拱一拱的，像是在说"快来和我一起玩"。

回到车上，田阳地君发动着引擎，对我说："谢谢你今天陪我送酒。"

"哪里，该说谢谢的是我。田阳地君，真的非常感谢你。"

闻言，田阳地君慌忙客气地对我点头行礼。

"方便的话，找个地方一块儿吃晚饭吧。"他踩下油门，一边看着手机屏幕上显示的时间，一边说道。

已经过了傍晚五点半。

虽然满心不舍，但我依然强压下这份异样的情感，说："还是回家吧。今天出门都没有准备六花的晚饭。"

我下意识省略了"狮子之"三个字。如今，对我而言，狮子之家便是我真正的家，回到那里，我的身心才能理所当然地得到休息。

"也对，那里的餐食可是公认的岛上一绝呢。"

田阳地君按逆时针方向环岛一周，驱车往狮子之家驶去。整个下午都在户外，我感觉非常疲倦。回去之后，要好好冲个热水澡。

或许是刚才喝下的葡萄酒开始发挥效力，加之车内的空调太过温暖，我沉沉地垂下眼睑，开始打瞌睡。与田阳地君的那个吻已经离我很远，恍如前世的记忆。

六花趴在我的大腿上睡熟了，不时打着呼噜。我费力地睁开眼睛，主动同田阳地君攀谈，以免他误以为是我在打呼。然而，意识似乎不受我控制，尽管说着话，我仍旧昏昏欲睡，恍惚想起从前与父亲一块儿外出，回家时坐在车上的情景。

车窗对面，铺展着夜的世界。脖子上的围巾散发出田阳地君独特的气味。某个瞬间，我似乎陷入沉眠。

"到了哦。"

我睁开眼睛，发现车子已经停在狮子之家门口。我再次向田阳地君道谢，然后推开车门。下车前，我默默地摘下围巾，把它叠得整整齐齐地放在车后座上。

"我会再去葡萄田找你玩的。"

我并不打算忘记沙滩上的那个吻，但要是以它为借口，让我和他的关系突飞猛进到另一个次元，终究不切实际。我决定，今后还是同往常一样，抱着平常心造访田阳地君的葡萄田。

因为我喜欢站在那里遥望大海与天空。

并且也有那么一点喜欢田阳地君。

"再会，改天见。"他说。

我相信此时此刻，田阳地君与我怀着同样的心情。

我抱着六花，握住它的爪子，朝远去的田阳地君挥手告别，直到他驾驶着那辆小汽车完全消失在视野之中。

第三章

那幅光景映入眼帘时，我正巧转身，打算走进狮子之家。

玄关前粗大的蜡烛已被点亮，晚风拂过，投在周围的巨大烛影随风摇曳，仿佛在替火焰倾诉自身的情感。自我来到狮子之家，这还是头一回目睹这样的烛火。

我们这些在狮子之家度过临终时光的病患被称作客人。每当有客人去世，正门入口处的蜡烛就会被点亮，并且静静地燃烧二十四小时。客人的遗体从正门运出，送去火化。这与在医院去世不同。在医院，病故者的遗体总是从后门被悄悄运走，尽量不引人注意。

来此之前，我曾读过狮子之家的指南手册，上面就是这样写的。

我脱了鞋，正往自己的房间走去，玛丹娜迎面而来。或许看出我脸上的疑惑，她说："大约一小时前，Master去世了。一块儿去祈祷冥福吧。"

一小时前?那会儿,我和田阳地君恰好在沙滩上看海。

"雫小姐,要去同Master告别吗?"玛丹娜轻轻问道,"去不去都没关系的,看雫小姐的心情吧。"

"我去。"我想了想,很快答道。

"那么,我们这就去Master的房间。倘若Master知道雫小姐来为他送行,一定会很欣慰。"

事实上,这是我有生以来第一次近距离目睹亡者,尚未做好思想准备。Master的遗体旁,整齐地摆放着他煮咖啡时所用的一切器具,它们像一群相识多年的旧友,为哀悼Master的离去而聚在这里。

"Master,谢谢您为我煮过那样好喝的咖啡。"我小声地说,除此之外,找不到别的语言。

Master躺在床上,穿着整洁的正装,与那天一样,胸前系着用富有光泽的布料制成的蝴蝶领结。这个模样,好似他下一刻就要照常起床,为大家煮咖啡。

Master的双手优美地交叉着放在腹部,我轻轻握住他的手。那里残留着一丝余温,像是喷了制冷剂后慢慢恢复常温的感觉。

"您辛苦了,请安息。"我闭上眼睛,双手合十,在心中默默念诵，随后返回自己的房间。

我摘掉假发，疲倦骤然袭来。白天时，自己曾那样快乐，体味过充盈的幸福，笑得无比开怀；而现在，它们通通流向遥远的海洋。我试图伸手挽留，可是越想拉回，它们离开得越快，最终湮没在远处的波涛间。

身体被突如其来的无力感攫获，我彻底放弃抵抗般扑倒在床上，心头无法遏制地罩上一层阴霾。渐渐地，阴霾越来越浓厚，越来越清晰。

我也将死去。迟早有一天，会像Master那样，再也无法动弹。

这样一想，便觉得眼下所做的一切都毫无意义，思路几乎被颠覆。我喘不过气来，心中有狂风暴雨呼啸而过。

"太过分了！开什么玩笑！"

被医生宣布生命进入倒计时的那天，我从医院回到家，连衣服也没换，直接扑倒在床上。那个时候，我尚未真切目睹死亡的形态，面对它即将降临的事实，也并未怀有确切的恐惧。然而现实告诉我，曾经所做的一切，包括日复一日经受的煎熬、尽可能接受的治疗，全是白费力气。我感到无比焦躁，自己明明已经很努力地忍耐痛苦，相信治愈的可能性，相信主治医师的话，相信希望，相信未来。

"早知道会变成这样，还不如一开始就不接受治疗！"

无论如何，最让我抑制不住怒火的，是决定使用抗癌剂的自己，是我为这具身体带来持续不断的痛苦的，并且历尽艰辛仍是一无所获。

哪里是挽救，反倒是缩短了它的寿命。倘若能够未卜先知，一开始我就会拒绝使用抗癌剂进行治疗。当初那个怀抱着一丝希望的、浅薄无知的自己，让我怒不可遏。

我从床上起身，抓过桌上一块咬了几口的面包，猛地朝墙壁扔去。

"你是傻子吗？！"

手心沾上了果酱和黄油。

去医院复诊前，我打算在家烤面包吃，心里却堵得慌，根本没有食欲。其实我更愿意去喜欢的面包店买香喷喷的现烤面包，但为了节省生活费，只好用超市买的便宜面包凑合。

愚蠢的是，那个时候的我依然抱有淡淡的期望。我想象着癌细胞从体内消失的一天，情绪就像吃过甜食般松懈下来。

"把我的人生还给我……把健康的身体还给我！"

只是扔掉面包，尚不足以令我解气，我随手抓起一旁的几只布偶，朝墙壁、地板不断扔去。

一岁那年圣诞节收到的人偶花子，两岁那年圣诞节收到的蝴蝶小阳，三岁那年圣诞节收到的青蛙朋太，四岁那年圣诞节收到的老鼠丘吉，五岁那年圣诞节收到的熊猫露露，六岁那年圣诞节收到的考拉小惠，七岁那年圣诞节收到的谜之生物埃克斯，八岁那年圣诞节收到的企鹅银太，九岁那年圣诞节收到的白熊贝尔，十岁那年圣诞节收到的小猪梅尔丽，十一岁那年圣诞节收到的树獭小古，十二岁那年圣诞节收到的海豚琪琪。

布偶们散落一地，我用脚狠狠踩着，用手拼命撕扯，拔掉小阳的翅膀，扯坏朋太的腿，剜出丘吉的眼珠，抓着露露一次次在地板上叩打。我在虐待它们。如果布偶可以发出声音，想必它们此时正悲鸣不止。

可是，除此之外，我找不到别的发泄方式。如果不这么做，体内那些野兽般凶猛狂乱的感情便寻不到出口。我已经变成一个彻头彻尾的蠢蛋，只会迁怒于无辜的布偶。

我撕裂小惠的耳朵，拷问一般分开埃克斯的双腿并扯烂其大腿，撕碎银太的翅膀。贝尔和梅尔丽缝制得很牢固，我便直接把它俩扔出窗外。我还无数次殴打小古，扯破琪琪身体上绽线的部位，掏出里面的棉花。

我对自己的所作所为十分厌恶，只觉无地自容，禁不住流下眼泪。

我心里清楚，事到如今，哪怕冲着布偶发泄怒火也已于事无补。我只剩一条路可走，其他道路全被堵死，禁止通行。除了接受现状，我别无选择。无论怎么挣扎，无论怎样捶胸顿足，我也只能踏上唯一的那条路。

我发泄了整晚，直到愤怒的波浪平息，才想起要出门捡回贝尔和梅尔丽。站在楼梯上望去，夜空漆黑一片，看不见星星。

贝尔被灌木钩住，梅尔丽仰面朝天地躺在路边。确定没有人踢过或是踩过它们，我心里稍稍松了口气。

我将贝尔和梅尔丽抱在怀里，走到没有街灯的阴暗处，再次仰头望向夜空。仔细看去，一颗，两颗，三颗，夜空中闪烁着稀疏的星辉，虽然称不上繁星满天，却是贝尔和梅尔丽为我展现的与众不同的星空。原来，就算被我忽略，星星也好好地挂在那里。只要认真寻找，就一定能在夜空里发现注视着我的星星。

"没有一件事，是白费力气。

"没有一件事，是毫无意义。"

贝尔和梅尔丽异口同声地对我说。

罹患癌症后察觉的事,比如健康的可贵、金钱的重要、有朋友伴在身边的美好,所有这些,从前我都认为是理所当然的,时至今日才明白它们是多么宝贵。毫无疑问,是癌症教会我珍惜拥有过的一切。

"对不起。"

过去的自己只知道一味诅咒命运,我在心里反省,并想重新向神明传达感激之情,感谢神明让我继续拥有生命,存在于此处。这种心情,大概类似深深的、深深的祷告。

回到家,我取出针线盒,将被我伤害过的布偶一一缝好。我已经很久不碰针线了。当然,被破坏过一次的东西无法恢复原状,但我非常用心地缝着,尽量让它们变回从前的模样。

我一边缝着,一边回忆起许多往事。

每当看见我的衬衫纽扣脱落,或是短袜、紧身裤袜的趾尖破了洞,父亲都会一针一线地为我缝好。我曾经认为,这是理所当然的,是作为父亲应尽的职责。可是,这世上哪有什么理所当然?父亲在白天尽心竭力地工作,却不忘每日一大早起床为我准备便当;总是提前将被子烘干,以便让我睡得更加安稳;我感冒失眠的时候,他就一直守在床边照顾。这一切,全部的全部,都不是理所当然的。

想起这些，我再也忍不住泪水。父亲一直是我的太阳，用无偿的父爱，源源不断地为我提供养分。同时，父亲还是我的要塞，保护我免受来自外界的各种攻击。这样的父亲，一边养育我，一边用他拼命工作挣到的钱为我买来布偶，我却亲手破坏了它们。倘若父亲看见这一幕，大概会很伤心吧？所以夜里剩下的时间，我都在缝补这些受伤的布偶。

拂晓时分，我累得睡了过去，睁眼醒来已近中午。布偶们并排坐在沙发上。我对它们做了那样过分的事，它们却依然对我微笑以待。察觉到它们的温柔，体内有什么东西烟消云散了。那一刻我想，不，应该说领悟到：我不能揣着这颗荒芜的心，无所作为地结束自己的人生。

生命的暴风雨再度来临，这一次，是六花拯救了险些遇难的我。

大概是在催我带它去吃晚饭，六花一个劲地摇着尾巴，不停地用爪子拍着地板，等我抬头看它一眼。那个模样，就像拳击场上的裁判员，正一分一秒地数着时间，等待选手从地上爬起来。

"没错，既然活着，就得吃饭呀。小雫还活着，六花也还活着。"

换个角度思考，这其实是很了不起的事情。我一面想着，一面戴上毛线帽子，穿过走廊来到食堂。

除了志麻奶奶，食堂里没有其他人。见我来寻吃的，志麻奶奶为我热了饭菜，六花的晚饭是与平时一样的手制料理。我请志麻奶奶帮我将米饭减半，轻声念了一句"我开动了"，便和六花一块儿吃起来。

今日的晚饭是望潮鱼关东煮和十六谷米饭。三只小钵里分别盛着三道配菜，其中一道是芝麻豆腐。已经是第三次来食堂吃饭，口感黏稠的芝麻豆腐正在变成我的最爱。

吃饭时，志麻奶奶来到桌边，坐在对面的椅子上。这在以往是从来没有过的。仔细看去，志麻奶奶的脸上挂着温和的微笑，神情与平日并无两样。莫非志麻奶奶怕我一个人吃饭会寂寞，特意坐在对面陪我？

"谢谢您一直为我们做好吃的饭菜。"

用筷子夹起一块望潮鱼，我急忙对志麻奶奶点头道谢。

志麻奶奶与小舞奶奶制作的料理，含有某种唯独饱经风霜之人才可呈现的宽容。两人总是笑眯眯地做着料理，耗费大量时间与精力做出每一道菜，哪怕再辛苦也从不抱怨。

想到这儿，我再次举筷，默默地吃着。

望潮鱼的鱼肉里密实地填满鸡蛋，高汤熬煮得十分入味。我一边想象望潮鱼在濑户内海愉悦游荡的模样，一边品尝它们的滋味，打从心底感谢它们甘愿为人类奉上生命，成为盘中美食。

志麻奶奶是特意为我热好饭菜的吧？我用筷尖轻轻划开几近透明的萝卜，氤氲的蒸汽忽地从中升起。不知为何，看着眼前的情景，我禁不住热泪盈眶。这是怎么回事？在我的内心深处某个自己也没意识到的角落，温暖的蒸汽悄悄渗入，带来一股柔和的刺痛。

见我吃着吃着开始流泪，志麻奶奶起身回了一趟厨房，不一会儿重新坐到我对面。本以为她是专门进去为我拿纸巾，好让我擦干眼泪，然而并非如此。我朝志麻奶奶看去，她瞅准时机，咧嘴一笑，露出牢牢粘在前齿上的一片海苔碎屑。

噗——我不由自主地笑出声来。

噗噗噗噗噗。

我险些像喷水的鱼尾狮一样，肆无忌惮地将嘴里的食物喷得满桌都是。

小舞奶奶说话向来诙谐风趣，志麻奶奶与她相反，给人沉默寡言的印象。然而，正是这样的志麻奶奶，把海苔碎屑粘在牙齿上，只为逗我开心。她究竟知不知道，此刻自己的脸看上去有多么滑稽有趣呢？

志麻奶奶说："活着是件非常难得的事，因此遇见好吃的东西，要面带笑容地品尝。"

我本想回答"您说得很对"，一张口，眼泪又悄然滑落。

"可是，眼看着Master那样离开，不知怎的，我觉得心里非常不安。"我艰难地挤出一句话，脑海里再度浮现Master脸上那陷入永眠的神情，以及残留在他皮肤表面的制冷剂般的触感。

"我啊，打算一直在这里为大家做饭，可以说，是大家为我提供了活下去的动力。毕竟人生一世，无论出生还是死亡，都由不得自己决定。因此，在死亡来临之前，我们只能好好活着。"志麻奶奶说。

"对啊，不管怎么手忙脚乱，人都无法决定自己的命运，最终只能将一切交给神明。"

与志麻奶奶聊着天，我的情绪渐渐好转。

关东煮里的鸡蛋色泽柔和，煮得恰到好处。我夹起一块，蘸了满满的高汤送入嘴里。

"真幸福！"我不由得感叹道。

"尽人事，听天命。"志麻奶奶说了与田阳地君一模一样的话。

我喃喃地重复道："尽人事，听天命。"

志麻奶奶可爱的脸上再次浮起一抹微笑，前齿依旧粘着海苔碎屑。

今晚没有喝葡萄酒，饭量也比平日少了许多，我却感到一种平静的满足。生命总会走到尽头，在此之前，要尽情享受这段人生。

等到吃完晚餐，我已经能够乐观地思考这些问题。

不久之后，我迎来了入住狮子之家后的第二次下午茶会。而对于自己想吃的点心，依旧毫无头绪。

今日的茶会，也是以玛丹娜的朗读作为开场白。天空比往日阴沉一些。玛丹娜不时将视线投向手中的菜单，朗声念着。

"大家听说过可丽露这道点心吗？可丽露是一款传统的法式小蛋糕，正式名称叫作'波尔多的可丽露'，诞生于以葡萄酒闻名的法国波尔多地区的波尔多女子修道院。据说，从前在波尔多地区，人们使用蛋清过滤葡萄酒里的沉淀物，为了不浪费食材，才以剩下的大量蛋黄为原料,做成了这种小蛋糕。

"制作可丽露所需的朗姆酒和黄油等原材料,都是从国外运送至波尔多的。作为一座海港小城,波尔多的运输业十分繁荣。

"大学毕业时,我已存下一笔旅费,旋即前往欧洲诸国游历。那是我人生中的第一趟海外旅行,当然,是独自一人。

"原本,我希望从事与饮食行业相关的工作,不料遭到父母的强烈反对,只好不情不愿地做了银行职员。因此,那趟独自一人的欧洲之旅,充满了'讴歌人生最后的自由'的气概。那时,我是一名身无分文的穷学生,无法享受奢侈的旅程,日日住便宜的旅馆,只为省下钱四处品尝美食。我在当地结识了一名同龄的法国女子,虽然并非恋爱关系,但确实与她有过数日美好的时光。

"旅途中,我在巴黎的一家咖啡馆邂逅的点心,便是可丽露。'真好吃!'我想。当然,那是我生平第一次吃到可丽露,它的滋味是属于成年人的,我在日本从未尝过。于是,从那时起我便发誓,将来一定要成为一名咖啡馆的老板,然后煮出最配得上这块可丽露的咖啡。

"三十五岁时,我瞅准时机辞掉银行的工作,开始经营咖啡馆。那时父亲已经去世,母亲也不再反对。我想,大约是自己努力在银行取得的成绩,在某种程度上帮我获得了母亲的体谅。于是，我便在老家隔壁租了一间店铺，将它变成自己的咖啡馆。

"从那以后，我专心过着与咖啡为伴的生活。

"人生最后一道点心，当我思考这个问题时，脑海里浮现出学生时代最后一次穷游途中尝到的可丽露。最近在日本也能看到可丽露了，但我再也不曾遇见比巴黎的那块可丽露更美味的可丽露。那天，它对即将踏进银行职员生涯的我鼓励道，不要舍弃希望，要始终在心里祈祷。可丽露，是我生命中的第一颗星。"

念到这里，玛丹娜忽然停了下来。无须多言，我已明白这张菜单出自谁之手。从Master的文笔来看，好像他在书写的当下便有预感，举行茶会这天自己已经离开这个世界了。

我想起昨晚Master躺在床上时的脸。生前，他曾一心一意地贯彻自己的生存之道，对于这样的他，我打从心底敬佩不已。

眼前摆着一块可丽露。它躺在洁白的盘子里，焗烤过的表面闪烁着钝重的光泽。

我默默地为Master祈祷冥福，然后伸出双手，像碰触小小的佛像般轻轻把可丽露捧在手心。手心传来隐约的余温。

它形状优美，呈现立体的菊花纹样。我凝视了好一会儿，轻抚着上面几道沟壑般的纹路，仿佛听到清亮的乐音回荡其间。我细细抚摸了一遍，用手把可丽露分成两半，再掰下一小块送进嘴里。口感柔和，好似一阵甘甜的微风拂过口腔。

表皮烤得酥脆香浓，内里犹如绒毛般松软，那个瞬间，我忽然十分怀念Master亲手煮的咖啡，二者一定非常契合。可是，Master已经不在了。取而代之的，是一杯澄澈见底的红茶。那种深红的色泽，像极了某天黄昏，我牵着父亲的手仰头望见的美丽夕阳。

大家静悄悄地吃着可丽露，小舞奶奶一如既往地用明朗的声音解说道："制作可丽露是非常困难的。因为我从没吃过好吃的可丽露，所以制作时完全找不到目标，费了不少力气。而教会我何为'好吃的可丽露'的人，正是玛丹娜。要把表皮烤得酥脆，本就十分不易。烤箱的初始温度不够高的话，表皮成色就不好看，外表也会糊成一团，可是温度过高，又很容易烤焦。因此，要精准地把握火候，烤出漂亮的颜色，得花很多功夫。"

听着小舞奶奶的说明，我怔怔地想，在这里，死亡早已自然而然地融入大家的日常生活。如果每次都为客人的离世放声痛哭，工作人员是没法正常工作的。话虽如此，他们并非丝毫感觉不到悲伤。此刻，看着这些聚在下午茶室里品尝可丽露的工作人员，从他们的表情里我明白，眼泪不是表达悲伤的唯一方式。

当天夜里，武雄先生也去世了。狮子之家的正门入口处再次燃起了烛火。昨日与今日，接连两天都有客人离开我们。无论是武雄先生，还是Master，我都来不及与之进行深入交谈，然而能在狮子之家陪他们走过人生最后的旅程，仅此一点，便足以令我将他们视为朋友、同志，甚至家人。

深夜，我抱着六花钻进被窝，想起Master煮咖啡时专注的神情，想起武雄先生凝视豆花时的平静目光，眼泪再次夺眶而出。

这是我来到狮子之家后经历的第一个不眠之夜。

第二天，大概是睡眠不足的缘故，我感觉身体有些沉沉的。几天前，与田阳地君的那趟外出兜风，犹如一段虚假的记忆。

我将身体状况如实反映给玛丹娜，在她的建议下，我决定接受几项治疗。

玛丹娜是这家临终安养院的护士主管，协助"缓和医疗"专业的医生，对患者施行适当的临终医疗措施。对客人们而言，玛丹娜的存在相当于身体与心灵的巨大支柱。我擅自揣测，或许正是为了向客人们表达自己的款待之心，玛丹娜才会选择身着女仆服而非护士服。

玛丹娜曾说，在这世上，痛苦分为两种。

一种是身体的痛苦，一种是心灵的痛苦。

倘若不同时克服这两种痛苦，就不会迎来幸福的终局。而临终安养院，便是帮助患者缓和身体与心灵双重痛苦的场所。

当初，我之所以选择在临终安养院度过余生，也是因为不愿痛苦地死去。我再也不想经历比此前的治疗更加难受之事。

这个想法，早在我来到狮子之家参加咨询会那天，便明确告知了玛丹娜等几位负责照顾我的医护人员。

这样做多少会缩短我的寿命，不过没关系，为了平静地迎接死亡，我本人将全力配合他们的工作。听说，柠檬岛上有许多志愿工作者主动参与这项工作。

周三下午的音乐理疗时间，一位名叫海鸥的姑娘来到狮子之家。她也是上述志愿工作者中的一员。

"初次见面，您好！"海鸥精神饱满地走进我的房间。她长得非常可爱，只是嘴略大。我躺在床上没有起身，目光直直地朝海鸥看去。

这天一大早，我感觉身体十分疲倦，几乎无法下床，于是恹恹地躺了大半日。六花一直乖巧地守在床前。

"您好，请多多指教。"我艰难地开口，声音萧瑟得犹如被秋风刮过，把自己也吓了一跳。

"雫小姐，您身体不适的话，千万不要勉强自己说话，听我说就好。以前我经常站在舞台上，所以很习惯做'主持人'呢。"海鸥的声音悦耳动听。

她从吉他盒中取出一把原声吉他，一边调音，一边对我提起自己过去的经历。海鸥口若悬河，想必曾无数次遇上今日这样的场合，也曾无数次跟对方讲述她的往事。

海鸥说自己曾是一名偶像歌手，更巧的是，她恰好与我同岁。

"十三岁那年，我离开了柠檬岛的老家。孩提时代，周围人都说我唱歌好听，后来我被东京的演艺事务所发掘，签约了唱片公司，以正式歌手的身份出道。出道曲目很受欢迎，广播节目中经常能听见，可后来渐渐没了人气。不过，我一直坚持参加现场活动。

"从十三岁开始，我的身边便跟着经纪人，自己也算很早进入了成人社会；到二十岁那年，几乎已经尝遍人生百味。如今想来，出道那会儿年纪还是太小了，而且出道曲稍受欢迎，整个人便沾沾自喜，错误地认为，啊，好像混演艺界也不是很难嘛，慢慢地疏于自我提升，只相信那些追捧我的大人说的话，完全把自己变成一只人偶。正因为经历过一些根本算不上成功的'成功体验'，我性格变得更加固执，只愿意听奉承话，只愿意关注希望我走偶像路线的那部分歌迷。总之，那些司空见惯的陷阱，我几乎一个不落地掉了进去。

"我尝试过各种办法，努力想要摆脱困境，可人气一路下滑，曾经那么喜欢我、夸我可爱的歌迷们，也渐渐不再来现场听我唱歌，现在想想，这些都是理所当然的。他们喜欢的偶像歌手清一色是年轻女孩，四舍五入算下来，一个年近三十的偶像歌手，若非资质特别突出，又有谁会瞧你一眼呢？

"尽管如此，二十五岁以后，我依然想以音乐为生，所以坚持参加演艺活动，同时靠打工赚取生活费。那段时间，我与唱片公司的合约已经到期，还被事务所炒了鱿鱼，必须自食其力。

"不料恰好就在那时，外婆病倒了，我才慌忙回到岛上。因为外婆喜欢听我的歌，所以我常常坐在她的病床前唱歌给她听，有的歌是小时候她教我的，有的歌是她帮我洗澡时唱过的。

"于是，我忽然意识到自己有多么喜欢唱歌。事实上，能在外婆的病床前为她唱歌，我就已经很开心、很开心。在那之前，外婆为病痛所折磨，痛苦了很长时间。不可置信的是，人生最后的一段岁月，她似乎得到了解脱，时常对我们笑，并且是在全家人的守护下离开的。

"我这才明白，原来要唱歌，不一定非得站在大城市的舞台上，只要我自己感到幸福，在哪里唱歌都没关系。想通了这个道理，心情变得无比舒畅。外婆的七七法事结束后，我带着自己的全部积蓄去了美国，攻读音乐理疗专业。我是初中学历，因此念书非常吃力。做偶像歌手那会儿，认认真真学过的科目只有英语。从美国的学校毕业后，我回到老家，如果有需要自己的地方，便会上门为患者唱歌，提供音乐理疗服务。关于我的经历，差不多就是这样！"

海鸥爽快地讲完自己的故事，稍稍放低声音，问道："有什么想听的歌吗？我可以唱哦。"

虽然平日里我也会听听音乐，但从未想过依靠音乐的陪伴激励自己的人生。我毫无唱歌的天赋，对流行歌曲几乎一无所知，至今为止，连卡拉OK也只去过一两次。

想到这里，我摇了摇头。海鸥见状，说："明白了，那么给您唱几首我喜欢的歌曲吧。"

海鸥轻轻弹唱起来，这是专程为我而来的演奏。有些歌我只觉非常耳熟,却连歌名也说不上来。

我侧耳聆听着海鸥的歌声,内心有种强烈的感觉,她果然是天生的歌手,降生到这个世界,便是为了歌唱。也许作为偶像歌手,她并不算成功,可在我这种外行人听来,她的歌声相当具备感染力。首先,她唱功扎实,歌喉嘹亮;其次,她的声线很独特,绝非单纯的清脆或可爱能够形容,仿佛混合着各种各样的香料,是一种复杂而有层次感的音色。

闭上眼睛仔细倾听,我恍惚感到自己置身异国,正坐在车里,迎风行过一望无际的旷野。开车的或许是父亲,或许是田阳地君。我坐在车后座上,眺望窗外的景色。是了,每次搭乘父亲的车外出,我也习惯坐在车后座而不是副驾驶座上。父亲还曾体贴地说,这样也好,累了可以直接躺下歇一会儿。无论何时,父亲都坚持安全驾驶。

"下面我要唱的是摇篮曲串烧。您要是困了就睡吧,千万别在意。"

海鸥只取每首歌的精华部分来唱,通常一首未完便很快切换至下一首。这些歌我以前从未听过,却有种不可思议的怀念之情。

她一边拨弄吉他,一边轻声吟唱摇篮曲。隔着隆起的被子,我望向远处的大海,迷迷糊糊地开始打盹。今日的大海也如宝石一般，闪烁着璀璨的光泽。已经很久没有这样舒适地睡觉了，耳畔回荡着一波一波的潮骚①，就像那日与田阳地君在沙滩上听过的海潮声。

在我即将陷入沉眠的时刻，海鸥依然坐在床前唱歌。真想被她甜美却悲戚的歌声包围，享受片刻的安睡。

海鸥的原声吉他释放出最后一个音符，整个世界仿佛笼罩在虹色的寂静中。我慢慢地撑起身，刚想向她行礼致谢，门外走廊上忽然响起拍掌声："厉害，真厉害，海鸥姑娘太棒啦！"

虽然有好些日子没见着人，但我绝不会听错，这是粟鸟洲先生的声音。

"一直站在那里听我唱歌吗？粟鸟洲先生，你那是偷听哦。"海鸥从椅子上站起身，打开房门。

走廊上的人可不正是粟鸟洲先生嘛！他依然在头上绑着印花大手帕，不过比起上次见面，脸色更差，腹水积得更多，小腹也越发隆起。

"粟鸟洲先生。"

海鸥故意叫错他的名字，看来她深得粟鸟洲先生的喜爱，否

---

① 日语，意为海潮声、波涛声。——编者注

则不敢这么做。明明与我同岁，海鸥的服务精神却十分旺盛，真不知该说她是宽宏大量，还是心志高远。

"最近，我正在练习之前栗鸟洲先生点过的歌。那首歌难度特别大，我先一个人唱一会儿。"海鸥从容不迫地把吉他放进吉他盒里，对他说。

"拜托你了。"栗鸟洲先生低头说道，"听着海鸥姑娘的歌声踏上'旅途'，是我最大的梦想。"

"知道啦，我会全力以赴的。"海鸥背着吉他盒，打算离开。

"再会。"我对她说。

"下次见。"她轻轻冲我挥了挥手。

虽然很难用语言具体描述，但确实与接受音乐理疗之前不同，我的内心不再有水花拍溅的感觉。

我有些遗憾，对海鸥的感激之情溢于言表，偏偏一句也来不及告诉她。

喝吗啡葡萄酒能够略微缓解身体的疼痛。自从那天与田阳地君出门兜风，我便渐渐学会了喝这种酒。起初，心里有点七上八下，但一想到这是田阳地君亲手酿造的葡萄酒，恐惧感便减轻许多。喝下去后，一直纠缠在体内的疼痛像魔法般消失无踪，身体也变得轻松起来。

吗啡味道略苦，与红葡萄酒搭配着喝，苦味会没那么明显。我习惯在晚饭时喝少许吗啡葡萄酒，使身体包裹在一种轻盈的浮游感中，然后睡去。不过随着时日推移，吗啡葡萄酒对我渐渐失去效用，深夜疼醒后，往往再难入眠。

"雫小姐，要不要考虑在夜里化身为《睡美人》中的美人？"这天，玛丹娜前来询问我音乐理疗的效果时，直爽地问道。

"《睡美人》中的'美人'吗？"

"不错，美人。但这里的关键词是'睡'。也就是说，您只需要在夜晚的睡眠时间服用安眠药，便可进入深眠状态。这种疗法，我们称之为'夜间sedation'，sedation就是镇静的意思。我认为，您之所以失眠，除了身体的疼痛，主要还是因为精神上的强烈不安。我们可以将不安理解为'妄想'，人一旦被妄想束缚，就容易失眠。妄想是不必要的，我们需要强迫身体进入睡眠状态，才能忽略自身的妄想。"

"会有副作用吗？"我问。

"没有太多副作用。随着时间过去，药效也会减弱，早晨起床时会有神清气爽的感觉。上午您可以随意做自己喜欢的事，下午接受音乐理疗，扫除身心疼痛。这样的安排，您意下如何？"

玛丹娜的语气含着一如既往的沉静。

"这样一来，我又能和六花一块儿散步了吗？"

事实上，这几天由于睡眠不足，身体乏累，我暂时没再同六花外出散步。

"我认为肯定可以。为了今后能与六花一块儿散步，请您加油。"

玛丹娜微微一笑，平日的她绝少露出这样的笑容。

我有些迟疑地问出另一个在意的问题："即使接受夜间镇静疗法，我也可以继续和六花同睡一张床吗？"

"当然可以。"

原本我已做好心理准备，甚至意兴阑珊地想，倘若玛丹娜的回答是"不可以"，那么不接受夜间镇静疗法也无所谓。

"太好了，我就是担心不能和六花一块儿睡觉。"

"对雫小姐而言，六花是比吗啡更有效的止痛剂。既然它已成为雫小姐的理疗犬，就当然不能轻易与您分开。你们随时随地都能在一起。"

听闻玛丹娜这么说，我莫名觉得精神好了许多。

"还有一件事……"玛丹娜今天似乎不太忙，于是，我决定询问另一件事，"我来到狮子之家的第一天，玛丹娜不是为我做了一款点心吗？我一直很好奇，那款点心究竟是用什么做的？"

"雫小姐觉得它是用什么做的？"

"一开始，我以为是用玛丹娜的母乳，但那到底不大可能。我感觉，它犹如神明的母乳。"我说。

"神明的母乳，真是一句美好的形容。准确说来，是牛乳。那款点心，是将牛乳加热后不断搅拌制成的。"玛丹娜回答。

"不断？那么究竟搅拌了多久呢？"

"两三个小时。"

玛丹娜的回答简直令我头晕目眩。耗费那么长的时间，始终站在锅前不停地重复一个动作，换了我是做不到的。

"您听过这样的说法吗？由乳牛得到牛乳，由牛乳得到奶酪，由奶酪得到生酥，由生酥得到熟酥，由熟酥提取醍醐，而醍醐正是最佳之物。奶酪可以理解为如今大家所说的酸奶，生酥是生奶油，熟酥是黄油，而醍醐是第五道也是最后一道提取物，是从牛乳中获取的最高等级的美味。在佛教教义里，它通常代指最高的佛法，'醍醐味'这个词就是从这里来的。"

"总而言之，这件事可真了不起。"我感叹道。

终于理解了我初来那日玛丹娜那句话的含义，记得她是这么告诉我的："愿您在狮子之家，尽情品味人生的真谛。"

"不错，它是很了不起的食物。"玛丹娜轻轻闭上眼睛，赞同地说，"眼下不妨将我们的目标定为：夜里安稳地睡觉，清晨香甜地喝粥。希望雫小姐每日都会期待第二天的米粥。雫小姐，请一定保持优质的睡眠与身心温暖，时常微笑，度过充实的人生。"

玛丹娜轻轻将手搭在我的肩上，温暖一点点从她的掌心渗入我的体内。

得益于夜间镇静疗法，翌日清晨，我果然感到身心舒畅。六花在我身旁睡得很熟，紧紧偎着我，宛如一块与我形状相吻合的拼图。像这样与它相伴而眠，我时常有一种错觉，莫非六花真是我生下的孩子？我已没有做母亲的资格，好在还能以这样的方式邂逅六花，培养我俩之间的友情与爱意。

吗啡的化学构成与内啡肽相似，而内啡肽是身体感到欣快幸福时释放的一种神经传导物质。因此，对我来说，六花果然是止痛吗啡，不，是比止痛吗啡更有效的无与伦比的存在，是我人生的醍醐。

我起床后不久，六花也醒了过来。我将它抱在怀里使劲蹭了蹭，像往常一样用这种方式与它互道早安。在六花眼里，这个动作表示"早上好"，而我全身的每一个细胞都在对它喊着："今天也要一块儿度过快乐的一天呀!"

洗完脸,我觉得精神不错,便久违地去了食堂喝粥。

玛丹娜正在阅读晨报,见状抬起头说道:"昨晚您似乎睡得很好。"

倒是她的表情看起来有些昏昏欲睡。

这天的早餐是水果粥。之前也出现过几次类似的情形,一般来说,早晨的米粥由志麻奶奶熬煮,偶尔会换为小舞奶奶负责,而小舞奶奶熬粥的时候,总是恶作剧般放入许多水果。

上回的水果粥是加了水蜜桃罐头的桃子粥,今天的米粥则加了香蕉和腰果。每当撞上吃水果粥的日子,自然有人开心有人愁,而我一直都在努力让自己感到开心。其实,桃子粥的味道还可以,这回的香蕉粥也没那么令人难以接受,香蕉肉被加热得恰到好处,完全渗进柔软的米粥里,口感黏稠。

我安静地吃着香蕉粥,坐在斜对面的玛丹娜慢悠悠地说:"当初,释迦牟尼佛陀曾因苦修断食,瘦得只剩皮包骨头,而他悟道的机缘却是Sujata的乳糜。"

"Sujata?"

我记得日本某家著名的乳制品公司叫作SUJAHTA,不过,显然玛丹娜所说的并非那家公司。

"Sujata是为佛陀敬献乳糜的牧牛女的名字。但在这个故事里,重要的是乳糜,而不是那个牧牛女。"

"不好意思,"我禁不住翘起嘴角,小声地道歉,"您是说,以乳糜为机缘,佛陀终究得以悟道?"

"没错,就是这样,所以米粥是非常好的食物。"听我这么问,玛丹娜的脸上浮现出与有荣焉的神情,仿佛这世上的第一碗米粥便是由她发明的。

"可是,"我的心里忽然冒出一个疑惑,"假如Sujata不曾为佛陀敬献乳糜,那是不是可以理解为佛陀就无法悟道了呢?"

突如其来的疑问令玛丹娜瞠目结舌,她困惑地仰起头思索了一会儿:"这个……谁知道呢?就算您问我,我也……"

说完,她轻轻道了声"我吃好了",就起身收拾餐具去了。

相比昨天,我的身体爽快了许多。这样看来,也许能和六花出门散步了,也不知道田阳地君今日是否在葡萄田里劳作。我想去见他,想和他随意聊无关紧要的话题,想无拘无束地开怀大笑。

这日午后,提供肖像画理疗服务的工作人员来到狮子之家。据说对方是一名职业插画师,平时会以志愿工作者的身份来这里为患者画肖像画。

"请回想迄今为止人生中最快乐的时刻。"对方说。我试着想了想，然后微微一笑。对方立刻表示："很好，接下来我会按照这个笑容画您的肖像画，您可以放轻松些，不用再正襟危坐了。"

接着，对方又问我对肖像画有无要求，我忽然希望他能把六花也画进去。至少在这幅画中，我和六花将永不分离，我开心地想着。忘了从前在哪儿听过一个说法，据说猫咪和狗狗是不会笑的，哪怕看起来像是在笑，其实也并没有笑。可我坚信，六花绝对在笑，遇见高兴的事、有趣的事、幸福的事，它就一定能够展露笑颜。

我拿起一本书坐在床上翻阅，等待插画师完成我俩的肖像画。如今，我已不再阅读那些难以理解或是内容过长的书，也讨厌书中出现虐杀动物的情节，对违背人伦、背叛情感等桥段更是难以忍受。因此，我从狮子之家图书馆借来的大多是绘本。

如果是绘本，即便当日读不完，也不会因为在意后面讲了什么而辗转难眠，更不会出现需要查阅词典才能理解生僻词汇的情况。不会出现恶意杀人的情节，没有角色怀着取乐的心情屠戮动物。尽管在故事中它们仍会遭遇死亡，不过那种死法完全出于情节需要，遵循某种自然的情势。最重要的是，绘本里没有奄奄一息的癌症患者登场。

我可以安心翻阅绘本，欣赏大量漂亮的插图。每当看见那些插图，我的内心便仿佛得到疗愈。

"您看这样如何？"看了一会儿书，我抬起头，只见插画师拿着刚完成的肖像画问道。

画上的六花正在微笑，并用公主抱的方式将我抱在怀里，而我脸上也浮起笑意。虽然是现实中不可能出现的场景，但我觉得它远比现实更真。

毕竟一直以来，我都被六花守护着。六花的爱犹如一层金黄色的光膜，将我完整地覆盖。

"画得很棒。"我禁不住泪盈于睫。

"太好了，能让您满意我就放心了。"插画师抚着胸口说道，"每次画好肖像画，给本人过目时，我都特别紧张，生怕不能让本人满意，那可如何是好？"

"您不是职业插画师吗？"

"我是啊，不过相比完成自己的本职工作，还是义务为大家画肖像画时紧张得多。"

"挺有趣的。"我说，"我很喜欢这幅肖像画，非常感谢，我这就把它挂起来。"

画里的姑娘，的的确确是我本人。她的笑容既不属于曾经健康的我，也不属于如今患病的我，而归两个我共同所有，正因如此，我才觉得这个姑娘是真正的自己。

"请加油哦！"插画师收拾好调色盘等画具，离开之前，爽朗地对我说道。

有段时间，日本不再流行用"请加油"之类的话鼓励对方。我不知道这种情况究竟是发生在世间大众身上，还是仅仅针对我一人。当事人分明已经足够努力，倘若进一步用"请加油"等说辞要求他们，只会将其逼入进退维谷的境地，为此，有人呼吁最好不要擅自使用"请加油"。

这种看法确有一定道理。用"请加油"大声激励早已拼尽全力的人，是太残酷的事。然而，对正在努力的自己而言，一句来自他人的"请加油"，不仅令我心花怒放，还能点燃我的斗志。

随着我的健康每况愈下，周围的人渐渐不再对我说"请加油"。今日耳中的这句"请加油"，实在是久违了。

"我会加油的。"我回答。虽然声音不如海鸥有气势，但我的确发自内心这么想。

因为我的生命还握在自己手里，在它燃烧殆尽前，绝不能放弃。

我的目标是，死去的那一天，能够神采奕奕地笑着离开这个世界，能够开朗地挥着手，轻声说再见。为了实现它，我住进狮子之家，在玛丹娜与其他许多人的协助下做着准备。

房间里只剩下我一人。我捧着插画师为自己和六花画的肖像画，仔细欣赏。

"请回想迄今为止人生中最快乐的时刻。"

方才，插画师是这样对我说的。那个瞬间，我的脑海中蓦地闪过试衣间的一幕。当时，我已被医生宣告余生无几，决定前来狮子之家，因而打算为自己挑选一套离世时穿的衣服。

面对插画师突兀的要求，我从记忆中拣选的竟是那样一个场景，真奇怪，我想。不过，刚才穿梭过脑海的，的确是那时的影像。我一件一件挑出中意的衣服，然后站在试衣间里试穿。映现在镜中的脸，尚且看不出憔悴。

我苦恼极了，明明已经抱着衣服走进试衣间，内心却仍旧犹豫不决，充斥着各种乱七八糟的想法：这样奢侈真的好吗？即便高价买下，衣服也会随我火化，不如省下这笔钱，捐给慈善机构，为社会做贡献。就在这时——

"不是这样的吧！"

耳畔响起一道清晰的喊声。声音的主人不是我，而是某个陌生人。正是这道声音吹散了我心中的迷惘，接下来，我彻底将自己的疾病抛诸脑后，一心一意试穿起各式各样的衣服。

于我而言，那段短暂的时光确然是一种享受。明知亲自挑选离世时穿的衣服有多残酷，我依旧沉迷其中。毫无疑问，这是我内心坚强的明证。

自从开始接受夜间镇静疗法，我的生活质量再次得到提升。"生活质量"这个词简称为QOL，同理存在QOD[1]一词，这个词意味着"死亡质量"。在我看来，QOL也好，QOD也罢，都是自己手心仅剩的一切，决定死亡质量的，终究是生活质量本身。

周六午后，我准备好便当，与六花一块儿恢复了我们阔别已久的散步。今天没有预约任何理疗服务，时间充裕。气温比昨日略高，天空湛蓝，令人心情愉悦。

这时去葡萄田，也许能够同田阳地君见面。我犹豫很久，还是摘下假发，戴上了毛线帽子。很久没有外出散步，六花一蹦一跳地走着。出门前，玛丹娜说，如今的六花已经非常黏我，不

---

[1] QOL为Quality of Life的缩写，QOD为Quality of Death的缩写。——编者注

系牵犬绳也没关系。因此，散步途中的六花可以自由自在地走路、奔跑。一种崭新的信赖关系，悄然出现在我与它之间。

"六花，走慢点哦，小雫跑不了那么快。"

听见我唤它的名字，六花回过头来。待它确定我落在它身后，便再次往前跑去。

哎呀哎呀，我在心里叹了口气，拔腿去追这个无法无天的小家伙。

率先抵达葡萄田的六花，正坐在篱笆前等我。它使劲摇着尾巴，似乎在焦急地催促："快点，快点呀！"模样犹如手持绒球，在观众席上为选手加油的啦啦队女孩。看来，它已迫不及待地想要跑去田阳地君身边。

此时的田阳地君正在用动力铲翻土。

"你好。"我向他打了声招呼。

"好久不见。"田阳地君用搭在脖子上的毛巾擦着汗回道。

"午饭我带了便当过来，可以坐在那儿吃吗？"我指了指田阳地君亲手搭建的凉亭。

"我也正准备吃饭，咱们一起吧。"田阳地君拍掉手上的泥土说道。

"啊，这里果然很舒服，简直是特等席。"

海面并非单调的青苍一片,而是由无数蓝色构成的广阔存在,淡紫中夹杂清澈的蔚蓝,时有艳丽的土耳其蓝出没其间。海浪悠悠荡荡,泛着金色与银色的波光。

"这里的风景即便看上一整天也不会腻。"田阳地君打开便当盒,轻言细语道。

然后,我俩异口同声地说了一句"我开动了",开始享用午餐。田阳地君递上自己带来的茶壶,表示要将壶里的茶与我分享。

今日的午餐是烧饼。厨房里那只巨大的保温锅中备有面疙瘩汤,考虑到不适合作为便当的配菜,我便没有带上它,不过仍有些许好奇,也不知汤里搭配的食材是什么。因为担心被田阳地君笑话嘴馋,所以我对面疙瘩汤的事只字未提。

"不介意的话,请尝尝这只烧饼。"

出门前,我觉得肚子可能会很饿,特意多带了些烧饼。

"虽然也想请你尝尝我的便当,但它只是用早餐吃剩的东西做成的炒饭,实在拿不出手,里面还放了炒牛蒡丝。"田阳地君苦笑着说。

从刚才开始,六花便乐此不疲地玩着田阳地君的手套,时而把手套抛出去,时而咬来咬去。

"田阳地君是一个人住在岛上?"

本来我已暗暗告诫自己，千万不要问出错综复杂、令人难以启齿的问题，但也许潜意识里格外在意，一不留神还是问了出来。

"是的。"田阳地君轻描淡写地回答道。

烧饼的馅有三种口味，分别放了咖喱酱、蔬菜和红豆。其中，红豆烧饼的外形很是微妙，与另外两种别有不同，大概是小舞奶奶做的。吃着吃着，我有些口渴，便喝了一口田阳地君带来的茶。

"对了，这是炒玄米茶。很久以前我生病的时候，玛丹娜建议我喝过，顺便教了我制作方法。"

"真幸福。"

茶有些凉了，但香味依旧，像菜汤一样蕴藏着某种力量。

"玄米富有营养，对身体极好。"

田阳地君专心吃着自己做的炒饭。

"玛丹娜是个很了不起的人。"我拿着掰成两半的咖喱烧饼，边吃边道。

"真的，她太厉害了，让人不得不佩服。虽然性格有些古怪，但恐怕就连这一点，也是那人的魅力吧。"

田阳地君对玛丹娜的了解一定是我的数倍，不，数十倍都不止。

"狮子之家能够坐落在这座海岛上，原本就是奇迹。说起来，玛丹娜是在岛上出生、长大的吗？"

咖喱烧饼的馅不是肉糜，而是用肉松状的炒豆腐做成的。

"玛丹娜是从外乡搬来的。她的父亲是非常殷实的资本家，我记得他在岛上也拥有自己的土地。不过我听说，她父亲生病后，一直是她负责照料的。玛丹娜不是她父亲的亲生女儿，好像是养女吧。其实她父亲很想回老家，可这个心愿直到他去世也没能实现，最终他是在医院与世长辞的。为了不让他人重蹈自己的覆辙，她的父亲希望动用名下资产，运营临终安养院。于是，玛丹娜考取了护士和心理咨询师的资格证书，在这座岛上建起了这所临终安养院。"

"玛丹娜和她的父亲，都是很了不起的人呢。"

在父亲——而且并非亲生父亲——的抚养下长大，就这点来说，我与玛丹娜同病相怜。

"真的非常不容易。据说玛丹娜并不清楚自己的亲生父母是谁，不过她很喜欢自己的养父。我想，她做的这一切，或许就是为了报答养父的养育之恩。也正因此，玛丹娜总是积极收治那些无依无靠的病患，邀请他们入住狮子之家。"

"原来是这么回事。"我说。

聊到这里，我忽然明白自己缘何能够住进狮子之家。我语气淡淡地转移了话题，不太愿意就这点深聊下去。

"说起来，狮子之家里有许多志愿工作者，有的是本地人，有的是从隔壁海岛来的，真厉害呢！"

比如提供音乐理疗服务的海鸥姑娘，以及昨日为我画肖像画的插画师，这两位都是志愿工作者。

"也许大家是为玛丹娜的魅力所折服了吧。用玛丹娜的话来说，这样下去是行不通的。"

"行不通是指？"

"意思是，不可以凡事依赖志愿工作者奉献爱心。院方应该发给他们正式薪水，让他们以专职工作者的身份，要么常驻临终安养院，要么常驻医院，为患者提供服务。一切理应如此。她时常感叹，欧美国家早已搭建了一整套完善的理疗服务系统，目前的日本却没法做到这样的程度，主要也是因为对理疗服务的认知水平太过低下，要开展面向个人的定制理疗服务是十分困难的。"

"有道理，凡事只依赖志愿者们的善意是行不通的。"

在此之前，我从未站在这个角度思考相关问题。

"任何事都是一样，并非无偿的就是好的。"

在我迄今为止的人生里，有一件事是我始终想要尝试却迟迟没有机会实现的，那便是做一名志愿工作者。每当从新闻报道中获知某地发生地震或洪水灾害，我都想赶赴受灾现场，贡献一己之力，可是想归想，终究一次也没有付诸实践。假如，我是说假如，神明再给我一次机会，我会选择像海鸥姑娘一样，尽力帮助那些为癌症所苦的患者。

"所谓志愿工作者，其价值便在于此。"我说。

"嗯，如果他们无法维持井然有序的生活，今后想做任何事都将无以为继。另外，玛丹娜的父亲还有一个了不起的地方，他并非只是有钱，而是似乎生前一直都在认真思考，如何充分合理地运用名下的大笔资产，让这个世界变得更美好。我想，他的这种精神一定也传承给了玛丹娜。不过，玛丹娜打算在岛上设立临终安养院的计划最初曾遭到许多人反对，据说大家非常不看好，还责问她是否准备将这座海岛变成死亡之岛。其实根本就没这回事嘛……"

话音刚落，田阳地君便微微低下头，对我说了一声抱歉。

"请别放在心上。"

我确实不愿意听到"死亡之岛"等说法，但这毕竟不是田阳地君有意为之，最重要的是，正因为没有将我视作病人，田阳地君才会在闲谈时无心说出这个词。

"后来，玛丹娜便耐心地逐一向岛民解释自己的想法，最终赢得了大家的理解。现在，岛上的人们都为狮子之家的存在感到自豪。而且，多亏有了狮子之家，越来越多的当地人不愿留在岛外的医院，宁可回到这里，在自己住惯的家乡度过人生最后一段旅程。怎么说呢，在狮子之家迎接生命的终点，对岛民而言也许是身份、地位的象征，也许是某种憧憬。总之，大家就是如此信任玛丹娜。"

"真好啊！"我说。玛丹娜确实是一个值得大家尊敬的女子。

"玛丹娜之所以会穿女仆服，也是因为那时候，狮子之家里住着一位不苟言笑的客人，大家商量着一定要想办法让他面带笑容地离开人世，于是，工作人员企划了一场变装大会。听说当时玛丹娜穿着女仆套装、戴着帽子出场，逗得那位客人哈哈大笑。从那天开始，玛丹娜便坚持穿女仆服了。"

我觉得，这很有玛丹娜的行事风格。虽然我对玛丹娜的人生经历谈不上了解，然而能以这样的方式，在生命的末梢与她邂逅，不得不说是神明的伟大馈赠。

"我差不多该回去工作了。零小姐,在这里你不必拘束,想怎么放松都可以。"说着,田阳地君从椅子上站起身。

四周静悄悄的,仔细一看我才发现,原来六花正舒展着小短腿,趴在向阳之处睡午觉。而且从刚才开始,它一直心情愉悦地啪啪甩着尾巴。

"这家伙,梦里全是好吃的吧。"田阳地君笑道。

"没错。真是羡慕六花呢,无论睡着还是醒着,它总会幸福地摇尾巴。"

哪怕一次也好,我想与六花交换身份,变成六花,体味它的人生。倘若这个梦想能够实现,我一定要在柠檬岛上尽情奔跑,与轻风和日光嬉戏。

我模仿六花的睡姿,趴在凉亭里歇息。葡萄田的对面能够望见大海,望见天空,而我身边有田阳地君,有六花,以及不知何处飘来的清爽柑橘香。

"真奢侈,真好。"我对心中的另一个自己呢喃。闭上眼睛,微风温柔地吹拂,宛如为我盖上一层薄薄的毛毯。

结束与田阳地君在葡萄田里的重逢,我带着温暖的心回到狮子之家,很快听见嘈杂的争吵声从里间传来,那声音令人背脊一寒。

"蠢货!"

尖锐的怒骂声中,六花倏然回头看向我。

"都是你害得我的人生一团糟!"

屋里响起巨大的破坏声,似乎有人将椅子砸到了墙上。

我本打算直接回屋,可那怒骂太过慑人,迫使我不得不暂时留在走廊上观望。倘若屋里的人忽然冲出来,眼看就要伤及六花,我定然拼尽全力也会阻止。这样想着,我将六花紧紧抱在怀里,以防不测。

眼前的房间门口贴着写有"老师"二字的姓名牌,怒骂声就是从这间屋子传出的。我不确定这位客人是什么时候搬来狮子之家的,只是每次从屋外经过,心里都会涌起难以释怀的古怪情绪。生命俨然所剩无几,他却希望继续做一名"老师",甚至偏执地将这种生存方式贯彻到底,我觉得这样的人既可悲又可怜。

"就算你死了,也不会有任何人难过!"

这次屋里响起的是一道女声,正声嘶力竭地控诉着。

"你这个人,有真心爱过谁吗?你有的不过是钱而已,大家是看在钱的分上才留在你身边,你从来不曾带给任何人幸福!"

"闭嘴！要不是你，我怎么可能生病！你连这个都不懂吗？"

我紧张地屏住呼吸，小心翼翼地窥探屋内的情况。一道哭泣声从老师的房间传来。那声音就像一个三岁小男孩跌倒在地，旋即哇哇大哭。他在撒娇。老师在对他面前的人、对世间所有人、对神明肆意地撒娇。也许他不明白，疾病并非豁免一切行为的理由。

我在自己的房间外站了好一会儿，观察老师那边的情形，只见玛丹娜从老师的房里走了出来。

"没关系，今日老师的前妻过来探望他，老师就把怒火发泄在了她身上。即便住进临终安养院，也不是所有人都能接受现状，心平气和地度过接下来的日子。有许多人会像老师那样，惊慌失措地逃避现实。可是，只要活着，人就有机会改变一切，这是不争的事实。所以，让我们拭目以待吧。"

玛丹娜的声音一如既往，带着沉静的力量。然后她说不必担心，并催我赶紧回去自己的房间。

正在这时，又一扇房门被打开，门口贴着"桃太郎"的姓名牌，一个女子抱着花瓶走出来。看见我怀里的六花，女子微微眯起眼睛，惊喜地说："啊，真可爱！"她的出现，立刻缓和了眼下剑拔弩张的气氛。

待走廊里再次只剩我与玛丹娜二人，我不动声色地问她："桃太郎是新来的客人吗？"

"是的，上周才搬来。"玛丹娜简明扼要地回答。

刚入住狮子之家时，我情绪沮丧，只顾忧心自己的事，最近才有些许精力关注别的客人。不过，这也与此前我很少同武雄先生及Master交流有关。现在的我，想法已经与初来时不同。说起来，能在同一个地方度过人生最后一段时光，也算难得的缘分。或许还有什么事是我能够做到的，也或许正因为有着相似的遭遇，有的事只有我才能做到。

"汉字写作'百'，发音却是Momo。这世上有趣的名字很多呢！"玛丹娜沉稳地说。

我松开怀里的六花，六花使劲抖了抖身体，像是想掸掉附在身上的不好的东西。

"六花是不是长胖了？"我说。刚才抱着它时，我感觉它比以前重了些。

"是吗？看上去倒是没怎么胖。"

听闻玛丹娜的话，我猛地察觉，也许不是六花长胖了，而是我的体力比以前差了许多。如果真是体力下降，那就没办法了。不久的将来，我可能再也没有力气抱起六花，或是让它枕在我的臂弯里睡觉。想到这里，我不由得一阵失落，这具身体正在无可挽回地迅速衰败。

"零小姐，"玛丹娜轻轻用手抚着我的背脊，唤了我的名字，背脊处似乎沐浴着温暖的阳光，"您知道狮子在动物界被称作什么吗？"

突如其来的问题，令我愣在原地，看向玛丹娜。

"是……百兽之王吗？"

"没错，就是百兽之王。也就是说，您不用担心狮子会被敌人袭击，每日只要安心地吃饭、睡觉就好。"

"原来是这样，难怪这里叫作狮子之家。"我说，心中的阴霾顷刻消散。一直觉得"狮子之家"的名字非常古怪，刻意没有询问玛丹娜，此刻终于明白，这里的客人，包括我在内，大家都是狮子，是百兽之王。

"从今往后，不用再害怕任何事。总之，最重要的事情是常常微笑。零小姐，感觉痛苦的时候，记得抬头看一看天空，尽情地笑。这样做，能为比您更加痛苦的人带去希望。"

玛丹娜静静地说完，转身离开。

我走进自己的房间，站在镜子前，在脸上扯出一抹笑容。

人啊，不是因为快乐才笑，而是因为笑才变得快乐。要不你试试吧，看漫画的时候，把一次性木筷或是铅笔之类的衔在嘴里嘻嘻地笑。这么做很有意思哦，你的大脑会分泌一种叫作多巴胺的物质，很厉害吧？

忽然，我想起在瑜伽教室结识的一位出身关西地区的朋友，仿佛此刻她就在身边，对我轻声说着上面的话。

我带着嘻嘻微笑的表情，用肥皂洗了手。曾经，也是这个姑娘告诉我，当你感到恐惧或厌恶的时候，不妨通过洗手转换心情。或许，这个姑娘也背负着不为人知的人生重担，却总是微笑以待，对所有苦痛缄口不言。

不知瑜伽教室的那些朋友如今过得怎么样？身体还好吗？

我已经很久没有回忆患病前的自己了。

那时候，每逢周末，我都会去公寓附近散步，在蔬果店买许多蔬菜水果，回家做料理；偶尔去稍远的地方登山、郊游；平日若是很早下班，也会去电影院看看电影，还曾因为感兴趣，学习过如何打毛线。

我从未想过，这些平淡无奇的日常生活会变成格外珍贵的记忆，而有朝一日，所有天真烂漫的时光都会令人无比眷恋，以至于我想将它们紧紧拥在怀中。

我打开化妆包，拿出里面的一根掏耳勺。

如果说对我而言这世上尚有一件东西值得留恋，那么它无疑是父亲的这根掏耳勺。在我幼年时代，父亲常常让我把脑袋枕在他的膝盖上，用它为我掏耳。我非常喜欢掏耳的这段短暂的时间，会不停地同父亲聊天，说学校里发生的事，比如同学和班主任的事，父亲也会跟我讲工作中的烦恼和公司里同事的趣闻。大多数时候，我们聊的都是无关紧要的话题，因此情绪才会那样放松，当然，有时也会触及需要商量的重大事件。

我已记不清父亲最后一次为我掏耳是在什么时候。每次掏完，父亲都会在我耳边轻轻吹一口气，仿佛正为我施加获得幸福的魔法。

正是这个原因，每当我给自己掏耳时，便会情不自禁地思念父亲。我带来狮子之家的这根掏耳勺，正是当年父亲使用过的。它有着平凡的外观，却镶满我与父亲的回忆。

不用说，这根掏耳勺会随我一道去往天国。关于死后自己的遗体处理方式和其余具体事项，我早已交代过律师、NPO[①]法人的工作人员及玛丹娜。

---

① 非营利组织。——编者注

清晨起床后，我换好衣服，刚走进食堂，便看见玛丹娜坐在往常的位子上读晨报。见我过来，她的脸上浮现出夸张的笑容，大声说："雫小姐，有个好消息要告诉您，听说最近研制成功了一种新药，能够治愈雫小姐的病。太好了，您可以出院了！"

她的声音比往常清亮许多。

"真的吗？"我惊喜地走到玛丹娜身边。

"您看，关于新药的情况，这里用很大的篇幅写得清清楚楚。这种药好像已经投入使用了。"

"真棒，真厉害！"我兴奋地说。

"是啊，再也没有人会为癌症所苦了。"

我睁开眼睛，过了好一会儿，梦里兴奋的余韵仍未散去。说不定，刚才的一切都是真的？我想。可是，怎么会是真的呢。最近，我似乎老做这样的梦，大约自己也没意识到，渴望治愈的心愿不知何时已扎根在我的潜意识中，然而醒来之后，发现一切皆是虚无的梦境，便感到有些哀伤。

我随手拿起一旁的手机，戴上耳塞。心中百味杂陈，这种时候，只有大提琴的乐音可以带来抚慰。

我沉浸在大提琴深邃沉重的音色里，身体似乎随波荡漾。尽人事，听天命，一切都会没事的。轻柔的风从海上吹来，在我耳边低语。再坚持一会儿，再在这座断崖边坚持一会儿，就能去往彼岸的世界。我无法让那一刻提前到来，也无法让那一刻延期而至。我所能做的，唯有站在这里，安静等待。

第二天的下午茶时间，我见到了老师本人。老师坐在轮椅上，出现在茶室，是一名年约七十岁、体格壮硕、脸颊泛红的男子。

老师是名人，曾以风靡一时的词作家身份，创作出许多广受欢迎的歌词，偶尔在电视节目中露面，出版过数本自己的著作。我拜读过其中一本，内容涉及生存方式与老后话题，大抵是老师的经验之谈，读来只觉深谋远虑且不失幽默。我清楚地记得，老师曾在书中写道，死亡，是不足为惧之物。

眼前的男子与想象中的老师相去甚远，我不禁失望。老师坐在轮椅上，依然试图保持上位者的颐指气使，周身缠绕着咄咄逼人的威压。对推着轮椅的工作人员，他的态度也极其粗鲁、傲慢。原本以为，老师该是一位性情温和的老爷爷。

玛丹娜站在大家面前躬身行礼，表情与平日略有不同。这一次，她没有朗读菜单上的文章，而是从饰有花边的白色围裙的口袋中掏出手机。一道稚嫩却慧黠的女声从手机中传来。

女孩的音色干净明亮。

"我的梦想，是成为一名海豚驯养师。要说原因，大概是不久前的暑假，我随父母及哥哥姐姐去水族馆观看海豚表演时，觉得和海豚一块儿游泳的驯养师非常帅气。

"生病住院前，我每周会上一次游泳课。最初，我很怕在双脚无法沾地的深水区游泳，为此喝过不少池水，吃尽苦头，后来才慢慢地越游越好。

"今年夏天，我本来想去海里游泳，可要是造成导尿管歪斜，情况就会非常麻烦，我只好放弃去海边的打算。妈妈与我约定，等我病好之后，会带我去一个叫作御藏岛的地方看海豚游泳，所以我会努力治疗，尽快恢复健康，然后在大海里畅游。

"前阵子，爸爸告诉我，海豚是靠超声波与同伴交流的，还能借此分辨鱼的形状，那些鱼都是它的饵食。将来，我不仅要做一名驯养师，还要研究海豚的语言，如果能同海豚聊天就再好不过了。

"在立志成为海豚驯养师之前，我的梦想其实是做一名木匠，因为木匠可以为自己造房子。我想修建一栋能供全家人居住的宽敞房子。但是，我把想法告诉姐姐后，她笑话了我。

"如果这两个梦想都能实现，我就在大海中为海豚造一个家，然后，我也陪它们住在里面。"

我竟丝毫没有察觉，在贴着"桃太郎"姓名牌的房间里，住着一名如此可爱的少女。

与以往的下午茶会不同，录音播完后，小百的家人出现在我们面前。她的父亲代表家人在大家面前深深鞠了一躬，然后将视线投向遥远的某处虚空，神情紧张地讲述道：

"小百从前是个非常开朗的疯丫头，最喜欢在室外玩耍。由于性情过于活泼，像个男孩，家人都习惯叫她桃太郎。即便隆冬时节，她也想穿着短袖在室外走，而且她身体健康，从未把自己冻感冒过。没想到，她在即将迎来十岁生日的时候，走路忽然变得踉踉跄跄。

"那时，我并没有将这事放在心上，以为小百是在跟我们闹着玩，还责骂了她。然而不久之后，小百便时不时跌跤，放学后也不再贪玩，反而径直回家，躺在沙发上倒头就睡。

"我百思不得其解，带着她去了家附近的诊所。内科医生诊断后，嘱咐我尽快带她去一趟大学医院，以便接受正式检查。根据MRI①的诊断结果，我们不仅得知小百罹患了何种疾病，还被告知她只剩一年的生命。

"很快，我们决定让小百住院，接受放射治疗。无论再痛再苦，这孩子都咬紧牙关，不吭一声，我想她一定在拼命忍耐吧。我的女儿，真的很了不起。即便身体难受，想要呕吐，她也不忘逗家人开心，我打从心底为自己有这样的女儿感到骄傲。

"如今，小百正在狮子之家，度过她人生的最后一段岁月。

"刚才为大家播放的是小百的录音，那是她住进这里后不久，得知狮子之家会举行下午茶会，便躲在房间里亲自录制的。可能连她自己也忘了说，当时的她已经不可以碰任何点心，这么粗心大意，还真像小百会做的事。

"和录音那会儿相比，如今小百的病情早已恶化，尽管如此，她依然坚强地活着，竭尽全力与病魔做斗争。在这里，我恳请大家为努力抗争、不放弃生之希望的小百加油。"

小百的父亲哽咽地说着，直到最后仍旧态度坚毅，不曾流泪。

送至我们面前的点心是苹果派，旁边配有一份冰淇淋。

这一次，换为小百的母亲发言。

---

① 磁共振成像。——编者注

"治疗期间，小百曾哭过一次。至于原因，着实很有小百的风格，不是因为怕痛，而是因为肚子饿。那天，她吵嚷着肚子饿了，然后放声大哭。那段时间，她所接受的治疗必须限制进食。

"为了转移小百的注意力，我问她：'小百现在最想吃的是什么呢？'小百脱口而出：'想吃苹果派。'这个答案令我略感意外，满心以为她会说想吃饭团，因为她最喜爱的食物就是白米饭。

"我着实没有料到，小百给出的答案竟是苹果派。如今回想起来，那时的小百一定累坏了，才会下意识地想吃甜食吧。

"于是，今天我获准进入厨房，与狩野姐妹一块儿亲手制作了这道苹果派，请大家趁热品尝。"

眼前的苹果派带着某种恬淡，散发出甘甜柔和的芳香，仿佛是用小百母亲的声音直接制成的。明明与小百素未谋面，我的内心却对她生出亲近之感。

我将餐叉插进苹果派，代替小百品尝。苹果酸酸甜甜的滋味渗进身体的每一个角落。面皮闪烁琥珀色的光泽，犹如夕暮时分涂抹着余晖的海洋。小百的身姿浮现在脑中，她在嘴里塞满苹果派，腮帮鼓鼓的，正与海豚快活地游来游去。

我忽然回过神，朝老师看去。还好，老师并未打翻餐盘，而是专心品尝着苹果派。我稍稍放心。老师神情严肃地将苹果派一口一口送到嘴边，动作小心翼翼，以防面皮撒落。这样看去，他的模样宛如一个天真小孩。

面对好吃的点心，任谁都会回到孩提时代吧。吃着下午茶的我，眼瞳中一定也会绽放孩童般的光芒。

下午茶会正式开始后，我请求小百的父母让我见她一面，所幸很快征得他们的同意。此时我的心里藏着一些话，无论如何都要传达给她。

小百的姐姐寸步不离地守着她，房间里终日回荡着流水声。

"直到最后，小百似乎也不会丧失听觉。"老成的姐姐说。

小百躺在床上沉睡。相比母亲，她的模样更像姐姐，五官端正秀丽，两道眉峰勾勒出顽强的意志。

这间房完全按照小百的卧室布置而成，枕边放着海豚布偶，窗户和墙壁上贴有海豚图案的海报、装饰画，垂挂在半空中的千纸鹤大概是小百的同学为她折的。

其中，最引人注目的是一幅毛笔字。

"活下去。"

字迹粗犷，有着堂堂正正的气势。小百的母亲见我目不转睛地盯着这幅字，告诉我说："这是以前小百在课堂上写的毛笔字。自从她昏迷以来，我常常为她收拾房间，某天无意中发现了这幅字。我想，这大概是那孩子的心声吧。如今她已无法说话，却依然拼尽全力地活着。方才外子也说，小百绝不会放弃希望，我相信，这孩子从来不曾丢失活下去的勇气。

"小百啊，其实教会我们大人很多事。从年龄来看，小百确实是家里最小的，然而有时候，我们觉得她比家里任何人都要年长。"

我回过头，见小百的母亲正轻柔地抚着小百的刘海。

我也走上前，抚摸着小百的手。这只手宛如水果软糖，又温暖，又柔嫩。为了让她听见，我俯下身，用明朗的语调在小百耳边说道："小百，到了天国后，我们一起玩呀！我也很快就会动身了，到时候见。就这么说定了哦！"

听闻此言，小百的母亲以手捂唇，拼命忍住呜咽，呢喃般向我道了一声"谢谢"。

遇见小百之前，我明明还活着，却一味思考着死。我曾以为，这表示自己接纳了死。然而，正是小百教会我，接纳死亡的真正含义即愿意活下去，并且坦率承认自己想要长长久久地活下去。对我而言，这个认知带来了一场巨大的醒觉。

两天后，小百在她母亲怀中平静地停止了呼吸，去往天国。听说她一句遗言也没能留下，但在生命的最后一刻走得毫无痛苦，如同睡着一般。

尽人事，听天命。小百的人生如此，我的人生亦如此。

所谓贯彻自己的人生，是否意味着全心全意接受上述事实，努力活着，直至生命的尽头？如果真是这样，那么小百无疑贯彻了上天赋予她的短暂而浓烈的一生。

理解了这一点，我接连几天回不过神，怔怔地望着大海，任时间流逝。想要哭泣，却无法流泪。

那天夜里，我终于在信笺上列出记忆中的点心。我想，一切都是因为小百教会了我活下去有多重要。小百站在我身后，将她面前那道磨磨蹭蹭的背影轻轻往前推去。

"雫小姐，感觉六花变沉，听到老师怒吼，以及与小百告别，一定都加重了您的心理负担，这才导致身体状况日渐恶化。"玛丹娜一边轻抚我的身体一边说。

下午茶会结束后，又过了几日，身体的疼痛让我辗转难眠。体内仿佛埋藏着无数银针，流经每一条血管时都会带来尖锐的刺痛。不管采取什么样的睡姿，哪怕仅仅动一动小指，也能牵起剧烈的痛楚，令人几欲大喊出声。我将身体状况如实告知玛丹娜，她立即为我注射了止痛剂。待我醒来后，她决定亲自施行按摩理疗。

大体说来，玛丹娜的按摩理疗与一般按摩没有区别，简而言之就是不断轻抚我的身体，使其放松。玛丹娜的掌心似乎涂有按摩精油，这种精油提取自岛上栽种的柑橘类水果。随着她按摩的动作，一股清爽甘甜的芬芳轻盈地裹住我，让我恍如置身柠檬岛温柔的怀抱。

按照玛丹娜的指示，我时而侧卧，时而仰卧。柑橘的香气与玛丹娜掌心的温度相得益彰，疼痛渐渐如潮汐般退去。我十分不解，数小时前肆意袭击我的剧痛，究竟是怎么回事？

感觉自己变成了猫咪或狗狗，不由得想要呜咽，如此一来，我渐渐愿意对玛丹娜畅所欲言了。睡意迷蒙间，我讲述起自己的身世。

"我啊，长久以来总是孤零零地生活着。初中毕业之前，我其实是与父亲相依为命的，然而高一那年，父亲决定结婚。为了方便每日上下学，我独自搬去学校附近的小公寓，开始一个人生活。"

我刻意没有提及父亲并非我的生父一事。

"雫小姐，那一年您多少岁？"

"大约十六岁吧。"

至今回想起父亲谈及未婚妻时的语气和神情，我的胸口仍旧像被勒住般喘不过气。那时，我感觉自己遭到父亲的背叛，既悲伤又不甘。放学后准备晚餐，等待父亲下班回家，与他一块儿吃饭，一切都是那般理所当然，或许正因为如此，我才会擅自坚信，这样的日子将一直延续，哪怕父亲变成老爷爷，我和他也会生活在同一屋檐下。

"当然，女方曾经提议接我过去与他们一块儿生活，父亲也说那样比较好。"

"雫小姐，您拒绝了那项提议吧？"玛丹娜沉静地说。

"也许，我是在意气用事吧。那时我从未想过，有朝一日父亲会遇见一名女子，而对父亲来说她比我更加重要。我曾以为，自己才是父亲心里排名第一的那个人。如今想来，在成为父亲之前，他首先是一个男人，尽管有女儿承欢膝下，却仍旧需要一位伴侣陪他共度余生。"

领悟这一点，我花了很长时间。

"再说，我也发自内心地期望父亲过得幸福。抚养我的那几年，父亲吃了许多苦，也一直在忍耐。为此，我还是不要打扰他与妻子的二人世界比较好。"

这也是我的真心话。

"雫小姐，现在请您面朝相反的方向躺下。"

我按玛丹娜所说的转变躺姿。即便如此简单的动作，这些天做起来也无比费力。

"您能一步一步走到今天，真是太棒了。雫小姐，您很了不起。"

玛丹娜夸赞般轻抚我的肩和手，她的温柔来得猝不及防。我眼眶一热，差点落下泪来。

"哪有什么了不起，没那回事。当年我不过是在嫉妒父亲的未婚妻罢了。真的很幼稚。"

父亲与对方正式结婚后，曾数次劝我与他们一道生活。然而，我无论如何也不能说服自己，每次都谎称学业很忙，礼貌地予以回绝。在这两个人面前，我一定会因嫉妒而变得面目可憎，而要承认这样的自己，令我感到格外恐惧。

"您不介意始终见不到令尊吗？"玛丹娜轻轻揉着我的耳郭，一语中的地问。

"没关系，我连自己生病的事都没告诉父亲。而且，我与父亲已经好些年没见了，只要他过得幸福，一切都不是问题。"我对玛丹娜道出自己的决定。

"原来如此，既然雫小姐这么说，我也觉得很好。"

"玛丹娜的按摩可真舒服。"我适时地感叹道,不太愿意继续方才的话题。

"为您按摩的时候,我自己也得到疗愈,变得健康起来了。"

这时,六花钻进我的怀里,似乎在说,也来摸摸我吧。

"小时候,我的梦想是养一只小狗,可惜始终无法如愿,想不到搬来这里后,愿望竟然实现了。真的非常感谢。"我轻柔地抚摸着六花的胸口,对玛丹娜说道。

"将六花带来狮子之家的原主人同零小姐一样,是个待人接物十分温柔的女子,并且深爱着六花。因此我想,如今六花能与零小姐一起生活,定然非常幸福。"

"真是这样的话,就太好了。"我说,"不过,若有一天我不在了,六花会不会很失落?"

说实话,这个问题我格外在意。与六花的关系越是要好、越是亲密,我便越是不安,万一自己死后六花陷入精神上的混乱怎么办?

"没关系的。真到那一天,我会为六花准备好特制猪骨,它一定啃得非常香甜。"

"太好了。这样我就放心了。"我说。

"您还有其余挂心的事吗?"

既然玛丹娜如此说，我便问出另一件在意已久的事："待我死的那天，前来迎接我的人会是谁呢？"

这个疑问化作声音的刹那，我切实感到几分落寞，仿佛被独自留在光线昏暗的幼儿园，望眼欲穿地等待谁来接自己回家。

"一定会有人来迎接雫小姐的，请放心吧。雫小姐，您方才说自己总是孤零零地生活着，对吧？也许平日里您从未察觉，在您看不见的地方，一直有许多无色透明的存在，它们至今依然守护着您。"

"那种存在，是指先祖显灵吗？"

心里有种感觉，假如是玛丹娜的话，一定无所不晓。

"我不知道用'显灵'这个字眼恰不恰当，但可以肯定的是，我们的生命的确被各种各样的能量守护，因此，一定会有人前来迎接。雫小姐，您绝不会孤独一人。"

说得也是，我老老实实地想着。玛丹娜斩钉截铁的话语，令我不由自主地愿意相信。

"啊，真舒服，好像抵达了极乐世界。"

皮肤、骨骼、内脏、大脑，身体的各个部位舒适得几乎融化。

正当我昏昏欲睡、险些淌下口水之际，玛丹娜问道："雫小姐，您体验过orgasm①的感觉吗？"

话题转得太快，令人猝不及防。我心下狐疑，胡乱地附和了一声。

"我啊，一直都很期待，觉得死亡也许便是最高等级的orgasm。"

"是指身体感到愉悦吗？"

"正是。虽然只有在死亡时才能体验，但我希望，或者说我认为死亡就是那种感觉。我很久没有体验过orgasm了。"玛丹娜说。

"我也一样。"

我的回答有些奇妙。确实，死亡倘若与orgasm类似，或许真的值得期待。

"玛丹娜觉得人死后会变成什么样呢？"沉默良久，我下定决心般问道。

我的嗓子有些沙哑，发音不是很清晰，可玛丹娜依然听明白了。

"唯独这点，我百思不得其解，因为我尚未经历死亡。不过

---

① 性高潮。——编者注

我认为，意识是构成一个人的根基，作为一种能量，意识自身绝不会消亡，它大约将不断变幻其形，流向永恒的未来。而我体内的核心成分，以及位于更中心部分的我，将会……"玛丹娜说。

不知何故，此刻隐约浮现在我脑海里的竟是一只苹果。苹果的中心藏着一颗种子，种子里又是一只苹果，这只苹果的中心也藏着一颗种子……设想变得无穷无尽、无始无终。

种子犹如磁石，大概属于某种本元性的能量，藏在我的体内，构筑出一副名为"海野雫"的躯壳。显然，灵魂、意识之类的字眼只是其外在表达。它朦胧幽微、高深莫测，尽管看不见亦摸不着，却是构成生命的重要内核。

即便肉体死亡，它也不会消散，而是以另一种形态存续下去，绵延不绝。方才玛丹娜想表达的，大约就是这样一种意思。

"可是啊，我希望一直活在现在的身体里。"半梦半醒间，我轻声说。

真的，倘若眼下就与这具身体道别，确实为时尚早。从前健康的时候，我一点也不爱惜，对它粗暴以待，时常虚荣地想，胸部再大些就好了，鼻梁再高些就好了。临到告别，心中却忽然涌出无限眷恋，不忍放手。

玛丹娜过于温柔的轻抚令我心旷神怡，一不小心就给了那些欲望以可乘之机。我当然明白自己的想法十分荒诞。奇迹永不会发生，这个事实很久以前我便知道，甚至已经做好赴死的觉悟。正因如此，我才会搬来狮子之家。狮子之家是一所临终安养院，而临终安养院专门接收余生无几的病患，所以时至今日，我已没有资格痴心妄想。

尽管如此……

"我想活下去，想前往更多地方，亲眼看看这个世界。"我情不自禁地脱口而出。

这个被我忽略已久的真实心意，曾遭到严密封印。迄今为止，我从未向任何人提起，对自己也三缄其口，因为一旦承认它，只会让我更加难过。

想要活下去。想要长长久久地活在现在的身体里。想要留在这个世界。

或许我是在对玛丹娜撒娇，或许我在内心深处抱着这样的期待：如果是玛丹娜的话，大约会包容我的任性吧。

"我也希望如此。"玛丹娜手心里的柑橘香包裹着我的身体，她的声音那样平静，"倘若能够一直与零小姐过着这样的生活,我也会感到幸福。"

我哭了,顾不上眼泪会不会打湿玛丹娜的白色围裙。原来世上还有一个人,愿意对我说出这番话。玛丹娜不停轻抚我的身体,她的温柔令我泪流满面。

接纳死亡,并非一件容易的事。

我以为自己早已接纳死亡,其实不然。我只是想让内心好过一些,才装模作样地前去迎接它。我也确实做好了各项准备,却在关键环节落荒而逃,可见这颗心并未真正认同。说不定,我是因为想要住进临终安养院,摆脱思想负担,逃避现实,才假意接纳了死亡。

然而,内心深处隐匿着真相:我不愿意死。我,想继续活下去。

这个念头听来有些贪得无厌,并且拖泥带水,不成体统。但我觉得,这么说也是不对的。应该说,接纳死亡即意味着承认自己并不想死。至少对我而言,事情就是这样。

待玛丹娜离开后,我终于放声大哭。

"我才不要做什么狮子。百兽之王又如何,我想活下去啊!我想活着,活到很老很老。我根本一点都不想死啊!"我泣不成声地喊道，将心中所想全部换作语言。眼泪蜿蜒如小川，静静淌在枕畔。此时此刻，我仿佛一个在神明面前无理取闹的婴孩。

我没有再冲布偶撒气。它们是无条件支持我的同伴，是值得信赖的存在，为我擦干眼泪，与我相伴至今。

那天的疾风骤雨，源自我的愤怒。我对自己感到愤怒，对主治医师感到愤怒，并向世间一切展开攻击。然而，今日的情况与那天截然不同。我无比悲伤。对于即将告别这个美丽的世界，只剩无能为力的伤怀。我想留在这里，一如想要默默陪在心爱之人身边。

我无休止地哭着，打算流干最后一滴眼泪。哭泣仿佛漫无尽期，哭饿了我便找东西吃，吃完继续关在房里哭。六花不可思议地仰起头，注视着泪流不止的我。它并没有多余的动作，我想，这样的安慰已经足够。

有种夸张的说法是，只要凝视一望无际的晴空，人便会感动得流泪；只要看着热气腾腾的米粥，人便会对神明感激涕零。这场大哭带来了意想不到的结果，体内那些遍布暗影、宛如毒素与黑雾的碍眼之物就此荡然无存，令我无比诧异。

清晨醒来，阳光明净地洒进室内。我不由自主地想要握住那束光,将脸靠过去,轻轻蹭一蹭,就像六花蹭着我的身体,亲昵地同我互道早安。

有意思的是,当我坦率地承认想要活下去,内心反而变得轻盈了。这真是一场始料未及的改变。

此外,由于我决定在白天使用止痛吗啡,QOL得到了进一步提升。我会随身携带类似便当盒的装置,一旦疼痛发作,随时都能为自己注射。玛丹娜告诉我,这是储藏着魔法的便当盒。

身体感觉舒适,心情亦会随之放松。心情一旦放松,身体便会更加舒适。人的心灵与身体,果然有密不可分的神奇关系。

我带上六花,恢复阔别已久的散步。不过相比前几日,体力已大幅衰减,若非身体状况极好,我得耗费比往常更多的力气,才能穿过通往葡萄田的坡道。

尽管如此,仅仅是与六花一道外出,呼吸新鲜空气,体内的细胞也能携裹着勃勃生机,悄然复苏。空气,很好吃。空气和米粥不同,如果是空气,别说十碗二十碗,无论多少碗我都吃得下。

日复一日,脚踏实地地活着。生命终将结束,与其自暴自弃、虚掷光阴,不如将人生品尝殆尽。打个形象的比喻,很久以前，我与父亲所住的街区有条商店街，那儿的面包店贩售一种形似田螺的巧克力面包。而我现在的目标，就是将自己变成这种灌满奶油馅的田螺巧克力面包，脚踏实地地活到最后一刻。

生活只剩下吃饭、睡觉、发呆，或许便会丧失意义，然而除了这些，我的确已经束手无策。身体动弹不得，内心却被研磨得更加澄澈。这个发现令人感到无比新鲜。

说来好笑，直至行动日渐不便，我才注意到香蕉的美感。在此之前，我从未仔细观察这种水果，既没有时间，也没有意愿。

前些天，我从食堂带回一根香蕉搁在屋里的桌上，打算饿了再吃。就在我伸手拿起它准备吃掉的时候，香蕉忽然对我说：

"我很美吧？"

我听见香蕉的声音。那是一种略带鼻音、莫名妖娆的声线。

经它提醒，我禁不住仔细朝它看去。这根香蕉着实形状优美。于是，我恍然大悟。与工厂制造的商品不同，即使躺在便利店里等待出售，它们也是地球的馈赠，也曾生活在与土地紧密相连的地方，沐浴过充足的日光，像婴儿吸食母乳一般吸取香蕉母亲的养分，长成充满爱意的形状。

终于察觉这个事实，我旋即感到一阵错愕。至今为止，在超市或便利店，我见到的只是作为商品出售的香蕉，它们与大地亲密依偎的姿态、它们最本真的模样，我竟从未目睹。

我急忙拿起手机，在网上搜索野生香蕉的形态。透过画面，似乎能够嗅到空气密实的质感。在绿意盎然的场所，香蕉沐浴着日光，始终在笑。我觉得，它们就是在笑。生平第一次知道，原来不只是动物，就连植物也会笑。

在此之前，我理所当然地享用着这些珍贵的生命，时常一边用笔记本电脑工作，一边毫无感念、狼吞虎咽地把香蕉塞进嘴里，而后若无其事地将吃剩的部分扔进垃圾桶，心中没有丝毫罪恶感。

然而，此时我明白了。香蕉的生命与我的生命，其实一样珍贵。

这个道理是香蕉教给我的。我想，这地球上一定还有无数与之相类似的、我尚未知晓的世界。

已记不清今夕何夕，待我回过神，才发现日子似乎过得比以为的更快，我想自己大概遇见了时间的小偷。

好比难得地享受一次足浴，本人却全然没有意识，泡完时也恍若不觉，没有道一句谢。

可以说，是每周一次、于周日午后三点在茶室举办的下午茶会，费力地为我取回了对时间的感知。只要下午茶会到来，我便知道日子又过去一周。对我而言，下午茶会既是生活的希望，也是段落的标记。

我坐着轮椅出席了接下来的一次茶会。其实只要自己坚持，也不是不能行走，可我又觉得，坐着轮椅出席显然能够减轻身体的负担。

直至昨天还能凭借一己之力完成的事，今日却做不到了，这个差异令人不禁沮丧。接连经历一系列类似的情况后，我逐渐明白即便唉声叹气也无济于事，因此决定接受现状。做不到的事情，无论怎么挣扎也做不到。这样我便感觉，幼时轻而易举就能越过跳箱和跨栏的自己，耀眼得如同一个超级英雄。

令人备感艰辛的是排泄变得格外困难。吃下的食物无法顺利排出体外，腹中好似灌满气体，胀得难受。更为辛苦的是，大块粪便排泄不畅，小块粪便又不断排出，导致夜里必须频繁去卫生间。

不过，眼下暂时用不上纸尿裤。我无比怀念从前排便顺畅的日子，那是一种多么琐碎的幸福啊！患病之前，我却对它毫无所觉。

粟鸟洲先生没来参加茶会。以往每次有他坐在身边，我都感到无比烦躁，今日却主动搜寻他的身影，关于这点，我很是纳闷。不过若是粟鸟洲先生，便秘的不快大约就能被理解了。若非同为当事人，有些东西永远没法感同身受。

我四下打量着，难道他去了别的地方？这时玛丹娜走到大家面前，鞠了一躬。也许今日被选中的会是自己的菜单。这样想着，我心里有点紧张，调整好姿势，坐在轮椅上翘首以盼。

同往常一样，玛丹娜缓声朗诵起来。可惜不是我的菜单。

"母亲与我的关系向来不太融洽。家里有个小我三岁的妹妹，我时常觉得母亲对妹妹格外体贴，对我却无比冷淡。

"一定是我不够可爱的缘故。妈妈总是给妹妹买漂亮的衣服，陪她逛街，却一次也不肯与我单独外出。我觉得，可能是因为母亲羞于带我出门。

"在砂糖异常珍贵的年月，我几乎没有吃过甜食。唯有一次，我对母亲说想要尝尝牡丹饼，母亲闻言，立刻为我做了，大概她的心情很好吧。那天，妹妹受邀去朋友家做客，恰巧不在。

"母亲做牡丹饼时，我在一旁帮忙，记得我们用上了红豆馅和炒熟的黄豆粉。

"母亲平日忙于工作，并不那么擅长料理，所以那日的红豆馅吃在嘴里微微发硬，甚至夹杂小石子般的豆粒。可我依然觉得，母亲为我做的牡丹饼非常美味。

"我心无旁骛地吃着，母亲怕我闹肚子，待我吃到一半便出声阻止。我一点也不想把剩余的牡丹饼留给妹妹，更不想让她知道我们母女俩一块儿做了牡丹饼。这应该是属于我与母亲两人的秘密。"

读到这里，玛丹娜缓缓抬起头。

"小舞，对不起。"

今日的朗诵似乎到此为止。

欸？小舞？难道是指狩野姐妹中的妹妹，小舞奶奶？

不对，不是说只有住在狮子之家的客人才有资格要求厨房制作下午茶会的点心吗？这个念头从脑海中一闪即逝，我忽然反应过来，最近的早餐一直都是水果粥。仔细算算，确实有一阵子没见到志麻奶奶了，本以为她休假去了海外旅行。最后一次见她是什么时候来着？我绞尽脑汁地回想着。对了，那天我与田阳地君外出兜风，回来得稍微迟了些。志麻奶奶特意为我温好望潮鱼关东煮，还在自己的前齿上贴了海苔碎屑，逗我开心。

那时候，我丝毫没能看出她身体不适，又或许是我刻意对周遭一切视而不见吧。

我四下张望，不知志麻奶奶是否正坐在茶室的某个角落，可我没有看见她。取而代之的，是小舞奶奶双眼通红地走上前，面向大家深深鞠躬，而后抬起头，声音威严地说道："我的姐姐志麻，这会儿正在家里休养。正如姐姐菜单上所言，母亲不太擅长料理，我们姐妹只好自己学习做饭。姐姐擅长做菜，至于我，非要说的话，大概对做点心十分在行。

"从前，我们姐妹的感情并不大好。各自结婚后，我便离开了柠檬岛，平日忙于相夫教子，与姐姐经常好几年见不上面。

"后来，孩子们长大成人，我们也相继送走了丈夫，正感叹日子清闲，承蒙玛丹娜的邀请，我和姐姐得以来到狮子之家，再次站在同一间厨房里。那真是一段快乐的时光，姐妹俩日日凑在一块儿，一边工作，一边像小姑娘似的有说有笑。

"年轻时，姐姐因罹患乳腺癌接受过手术，不排除复发的可能。大概一年前，她果然再度发病。只是她说自己一把年纪了，不想再动手术，在这里为大家做饭反而精神百倍，就这样，她坚持工作了很久。

"新年过后，她的病情忽然恶化，连走进厨房也备感吃力，于是决定留在家里度过最后的时光。

"此前，玛丹娜只告诉我今日要做牡丹饼。姐姐曾与母亲一块儿做牡丹饼的事，我是刚刚听说的，这才明白，原来姐姐也有姐姐的烦恼。

"与母亲一样，我的脾气有些急躁，直到现在都不能把红豆熬煮得十分入味。可是姐姐不同，姐姐熬煮的红豆馅松松软软，口感柔滑。由我来煮，总归有种硬邦邦的颗粒感。不过，说不定做成那样，姐姐反而会特别开心。我这就去泡茶，请大家慢慢享用牡丹饼。"

直到最后，小舞奶奶的声调似乎依旧清亮。她将装有牡丹饼的套盒交给另一位工作人员，便走进厨房泡茶。

呈现在眼前的，是两块色彩相异的牡丹饼。它们姿态亲密地依偎在一起，宛如狩野姐妹本人。真没想到，这对如此要好的姐妹，在童年时代也曾有过巨大的隔阂。面对小舞奶奶时，志麻奶奶的感情一定很复杂，并且始终将那种复杂深藏于心。小舞奶奶大约怎么也没想到，长久以来姐姐竟是那样看待她的。

今日的下午茶会，或许为这姐妹二人挽回了什么。

志麻奶奶对小舞奶奶的隐秘嫉妒，小舞奶奶对志麻奶奶的无心疏忽，都在牡丹饼中得到和解。

好一会儿，我凝视着幼猫般紧密依偎的双色牡丹饼，其实很想马上拈起一块，含在口中，然而身体不允许我这样做。

忽然想起在茶会上见到的武雄先生。

那是我在狮子之家参加的第一场茶会。当日的点心,是武雄先生要求制作的台湾甜点——豆花,摆在我们面前的豆花淋有热乎乎的花生浓汤。

武雄先生并未立即品尝,反而怔怔地盯着豆花出神。我一直以为,武雄先生迟迟没有拿起汤匙,是因为沉浸在回忆中,感慨不已。今日才恍悟,也许他与此刻的我一样,不是不愿吃,而是不能吃。

如今,武雄先生身在何处呢?有没有顺利抵达天国,见到他的父母?

我轻轻拈起裹着黄豆粉的牡丹饼,咬了一小口,犹如赋予它一个吻。黄豆粉的香味与红豆馅的甘甜在体内渐次蔓延,占据了我的身体。这样已经很好,我感到满足。

从隔壁房间传来隐约的歌声。

是谁在唱歌?让我想想,对了,是海鸥姑娘。她担任这里的音乐理疗师,会一边弹着吉他一边唱歌。这样听来,她的歌喉果然很是嘹亮。

睁开眼睛,天空罕见地灰蒙蒙一片。该怎么形容呢?不是令人心烦意乱的灰,而是预知明日即将放晴、世界熠熠生辉的那种色彩。

六花似乎不在屋内。天花板上光影摇曳，绘出天使的形状。

现在是几点？这样想着，我插上手机电源，心里骤然一紧。周五。距离上一次的下午茶会，不知不觉过去五天了。

我慢慢坐起身，在睡衣外面罩上一件长袍。大腿周围传来莫名粗糙的触感，低头一看，我已穿着纸尿裤。这一刻，终于来了。不过，为了维护自己可怜的尊严，我竭力避免弄脏床单和被褥。感谢神明，让我勉强还能依靠自己的双腿行走。这具身体正变得越来越轻，我很清楚。

第一次感觉隔壁房间离自己如此遥远。我抓着墙上的扶手，举步维艰地来到粟鸟洲先生的房间门口，用尽全力推开房门。我的心再次一紧，出现在眼前的，竟是一个偶像团体，不，准确说来，是扮作偶像团体的老奶奶们，玛丹娜也在其中。

莫非我依旧置身超现实主义的梦境？这样想着，我恍惚感到最近似乎一直辗转于各个梦境，梦中情景已经记不大清，只有断续的残像留在脑海里。我时而被困在梦中，时而被梦中之物追赶，身体很热，想吃冰淇淋。

粟鸟洲先生躺在床上，面色灰白，看上去比记忆中的他苍老许多。眼前之人，已经彻底变成一个老爷爷。粟鸟洲先生嘴唇翕动,好像正与海鸥姑娘一道喃喃地唱着歌。围在他俩身边的偶像老奶奶们和着旋律,翩然起舞。

察觉到我的出现,玛丹娜冲我招手道:"雫小姐,一块儿来跳舞吧!这是升天之舞,是粟鸟洲先生软磨硬泡央着我们为他跳的。您能赶上,真是太好了。"

偶像老奶奶们满头大汗,也不知已经跳了多久。

突如其来的邀约令我感到一阵无措。站在这儿的人,唯有我穿着一身睡衣,着实破坏气氛。况且体内的灼热尚未退去,立刻跳舞似乎不大妥当。

我从粟鸟洲先生的表情里捕捉到一闪即逝的光芒。他整个人洋溢着状若天真的幸福。心醉神迷,这个字眼一定是为此刻的粟鸟洲先生准备的。他露出观音菩萨般的浅笑,那笑意只薄薄浮在脸上。

一曲终了,海鸥姑娘叫道:"粟鸟洲先生!"

闻言,偶像老奶奶们异口同声地叫着他的名字。

在女子高亢的叫声中,粟鸟洲先生永远地闭上了眼睛,而他即将展开的旅程,与"升天"一词无比般配。

"您的心愿,终于实现了。"玛丹娜松开祈祷的双手,喃喃自语道。

粟鸟洲先生依旧表情神往，似乎一直在笑。海鸥姑娘目不转睛地静静凝视着他的睡颜。

"连启程也这么精彩。"玛丹娜扶着我，慢慢朝我的房间走去，边走边颇有感触地说道。

"粟鸟洲先生一脸幸福呢！"

"所以，就像之前我说的，死亡是最高等级的orgasm。"

玛丹娜全然忘记，此时的自己依然一身偶像打扮。我尽量不去看她，以免控制不住笑出声来。

"听说那位先生在来这里之前一直担任国家公务员，待人处事特别严肃认真。"

"欸？是指粟鸟洲先生吗？"我不由得看向玛丹娜的脸。

不知想起了什么，那个瞬间，玛丹娜差点扑哧一声笑出来，却格外冷静地回答："是的，他说从前自己不苟言笑，因此十分羡慕那些无所顾忌地讲着谐音冷笑话的同僚。"

"真是难以想象。"我说。

"他还说特别特别厌恶那样的自己，于是想在人生的最后时刻来一次角色转换。他的真实姓氏是鸟洲，姓名牌上最初写着的也是本名'鸟洲友彦'。不过某一天，他一本正经地找我商量，问能不能在自己的名字前加一个'粟'字。我说当然可以，于是他又说，希望用新名字制作自己的名片，我便用办公室的打印机为他做了出来。第一个收到他名片的人，是雫小姐。"

"原来如此。真没想到，粟鸟洲先生的名字有那么深刻的含义。"我说。

既然是这样，一开始他便应该将来龙去脉据实以告。可我又觉得，还是守口如瓶更符合粟鸟洲先生的本性。

"他的角色转换非常成功呢！"

"的确如此。"

在此之前，我几乎认定粟鸟洲先生就是一个不爱出门的好色大叔。

"明知被雫小姐疏远，那位先生还是很开心。"

"怎么会这样想……"

我并不讨厌他，不过，平日里竭力避开他也是不争的事实。

"他夸您性情坦率，心里想的都如实写在脸上，还说希望自己也能如此。我想，大约是因为他在工作中接触过不少年轻人，所以在这方面十分敏锐。"

我不认为自己做过什么真正值得粟鸟洲先生夸赞的事，可是被他评价"性情坦率"，我感觉无比开心。因为，这正是我来到狮子之家后最大的课题。

"稍后我们一块儿商量接下来的事吧。"说完,玛丹娜便穿过走廊离开了。

真是不可思议,心中一点也不悲伤,原因一定是粟鸟洲先生精彩漂亮地为他的人生画上了句号。我改变了主意,希望自己能像粟鸟洲先生一样,愉悦开朗地赴死。粟鸟洲先生为我展示了死亡的另一种形式。

刚走进房间,我便看见粟鸟洲先生跷着腿坐在窗边的椅子上。

"粟鸟洲先生,您怎么会在这里?您明明已经离开了啊!"我说。

或许眼前的粟鸟洲先生只是一抹幽灵,可我一点都不害怕。

"因为我担心小雫,所以走之前过来看看。而且,最后的最后,小雫不也跳了舞送我吗?我还没跟你道谢呢。"

粟鸟洲先生的声音比他活着时生动有力多了。我猛地反应过来,这一定是他本来的模样。

"请不要那么亲昵地叫我的小名。"我终于说出这句一直想说的话。

"还是一样毫不留情啊!难得我亲自过来接你。"

"不劳费心,您还是别来接我比较好。而且,我暂时不打算和您一块儿走,我还期待着明天早晨的米粥呢!"

"你那是什么态度呀,一点也不可爱。"

"不可爱也没关系。话说回来,死的时候,是什么感觉?"

"不告诉你。"

"别那么小气嘛,快告诉我吧。毕竟这种事,只有经历过的人才知道。"

"嗯,让我想想啊——"

粟鸟洲先生摆出一脸沉思的模样。

"好像整个人从屁股部位一下子飘去半空,然后坐上巨大的宇宙飞船,慢慢飞往高空。"粟鸟洲先生说道。

"也就是说,果然感觉很舒服?会不会痛?会不会难受?会不会害怕?"我倾身上前,一口气问出所有在意的细节。

"这可是秘密。你还是亲自去体验吧,反正时间也快了。"

"嗯,说得也没错。"我说。

"下次和我约会吧。"

粟鸟洲先生冲我眨了眨眼睛。

"在哪儿约会?"

"当然是天国啊!"

"咦——我拒绝！"我半开玩笑半认真地说。

对我而言，天国是一座格外美好、优雅的乐园，永远鲜花环绕，蝶鸟成群，才不是和粟鸟洲先生见面的地方，更别提什么约会了。不好意思，粟鸟洲先生完全不是我喜欢的类型，可是等等，也许我会这么想是因为只见过粟鸟洲先生轻浮不羁的一面？

"真是无情呢。"

粟鸟洲先生嘟着嘴轻声抱怨。我假装没有听见。

忽然，粟鸟洲先生凑上前来。不行，这样下去会被他吻上的。我早已决定将此生最后一个吻留给田阳地君，于是忙不迭地闪身避开，摆出防御的姿势。然而顷刻间，粟鸟洲先生消失得无影无踪。

"粟鸟洲先生！"

他的身影消失得太过突然，我有些惴惴不安，急忙唤了一声。无人回应。于是，我模仿海鸥姑娘的语气，大声喊道："粟鸟洲先生！"

也许这样能够唤回粟鸟洲先生。

这声大喊将我从睡梦中惊醒。我想睁开眼睛，然而眼眶粘住了眼睑，无论怎么用力，眼睛也睁不开。我又想伸手擦掉眼眶，可浑身绵软，根本抬不起手来。没办法，我只好闭着眼睛。

这回出现在眼前的,是一名比我年轻的女子。

她坐在粟鸟洲先生坐过的椅子上,两手抱膝,身体缩成小小一团。

"终于发现我了呢。"她说。

我戒备地问道:"您是谁?"

"我是母亲哦。"

"母亲?谁的母亲?"

"自然是你的母亲呀!"

她的表情稍显不悦。

"啊?"

说起来,眼前之人的容貌确实与佛龛前供奉的母亲遗像颇为神似,可我还是头一回面对面与母亲说话。

"因为你长得和佛龛前供奉的遗像不一样嘛。"我老老实实地承认。

"瞧你这孩子,怎么说话的。妈妈好不容易过来见你,你居然问我是谁。"她噘着嘴抱怨道。

可我实在不知该如何称呼她,便下意识地省略了主语,问道:"请问,现在多少岁?"

"二十五岁。"她说。

也就是说，她的年龄永远停留在去世的那年。

据说我的亲生父母曾冒着大雨，驾车去外地参加远房亲戚的葬礼，不料途中连人带车被卷进泛滥的河川。原本那天我也应该在车上，可出发前一晚，我忽然高烧不退，因此被寄养在保姆家。倘若当时没有发烧，也许我就与父母一块儿葬身河底了。自那以后，代替双亲照顾我的，是母亲的双胞胎弟弟。

"我比你年长，这种感觉可真奇妙。"

闻言，她不服气地说："这话该由我来说才对吧！你啊，竟然连自己的亲生母亲都认不出来，真令我伤心。"

"没办法啊，从我懂事起，家里就只有一位父亲。"

我特意在"父亲"二字上加重了语气，希望她能理解我与父亲之间的牵绊。

"是呢，对不起，我们走得太早了。"

她的语气有些寂寞。

"没关系，我和父亲生活得很幸福。"我安慰道。

"我知道，弟弟真的很疼爱你。"她说。

父亲说，他与自己的姐姐从小感情深厚，即便长大成人，也相处得十分融洽。我想，或许正因为此，当我成为孤儿后，父亲才会收留并照顾我，毕竟我是他双胞胎姐姐的遗孤。

"可是,你一定也受了不少委屈吧?一想到这些,我的心里就非常愧疚。"

"嗯,偶尔会觉得很孤单,比如父亲刚结婚的那段日子,我忽然开始一个人生活。不过,现在想来,也算两相抵消了吧。我的人生里,既有美好的回忆,也有糟糕的回忆,正负相抵,也就扯平了。"

"哪怕生了病?"

"嗯,正因为生了病,才能遇见眼下陪在我身边的这些人。而且,还能养自己的狗狗。"

就在这时,六花的身影从脑海中一闪而过。

"六花!"我大声叫道,这次终于睁开了眼睛。

窗边椅子上,那人的身影已消失无踪。

喉咙很干,大概又发烧了,全身滚烫。如果能立刻吃口冰淇淋就好了。

可是,现在的这具身体,已经连"想吃"的意思也传达不了了。

"想吃,想吃,想吃,想吃。

"冰淇淋,冰淇淋,冰淇淋,冰淇淋。"

我诵经一般不停地"念叨"。

不知为何,这次出现在眼前的竟然是爷爷。

"小雫。"

有人在耳边轻声呼唤我的名字。

我回过头,看见爷爷正躺在我的身边休息。

"爷爷,有什么事吗?"我说。

"我来看小雫了。"

可爷爷不是已去世多年了吗?真奇怪啊,我想,忽然无比怀念爷爷还在的时光。对了,父亲似乎曾在爷爷的葬礼上号啕大哭过。

"爷爷,好久不见。您身体还好吗?"

"好得很哟!你看,爷爷的脖子也不痛了,手也恢复了知觉。"

忽然想起,从前自己时常为爷爷捶肩。

"我再为您揉揉肩吧。"我说。

爷爷对我说道:"谢谢小雫。不过,肩膀早就不痛了,不用揉啦。"

"这样啊。"

我撑着身体正要坐起来,闻言再次躺了回去。

"从小到大,爷爷只对我发过一次脾气呢。"

"还有这种事？我居然会训斥小雫？"

"当然啊！连父亲也没那样冲人家发过火呢，当时我可受打击了，不过心里其实也有小小的喜悦。"

"小雫一直是聪明伶俐的好孩子，爷爷怎么会骂你呢？"

看来爷爷真的不记得了。

没错，无论何时何地，我都被夸赞是好孩子。邻居也好，学校老师也好，小伙伴的妈妈也好，大家都说"小雫真是乖巧懂事"。也许正是这个缘故，当知道自己心里其实住着一个不够听话的小孩，甚至惹得爷爷大发雷霆，我才会那样开心。

和爷爷聊了一会儿，体内渐渐涌出不知所起的倦意，于是我闭上眼睛，打算休息。待我回过神，爷爷已经不见了。

那名自称是我母亲的女子再次出现。

"喂，我好不容易过来一趟，陪我出去玩吧。这样的机会可不多呢。"

"请安静一点好吗？我正休息呢。"

"真可惜。"

"什么可惜？"

"当然是像这样见面的机会啊！只有现在哦，错过了这一次，今后说不定就无法再见了。"

她抓起我的手腕，不由分说地便要拉我起来。

"等一下，不要那么使劲。"

"瞧你那是什么语气，面前的我可是你的母亲哦。"

"什么母亲，明明比我还年轻。而且，我根本就不记得你。"

睡着时忽然被吵醒，我的心情十分恶劣。

"也不能怪我呀，当时没能避开那场车祸嘛。小雫的事情，我都记得清清楚楚，比如喝奶时的脸蛋、第一次冲我笑的表情。我非常非常喜欢小雫，所以离开你后，一直都很痛苦，也没法接受自己的死亡。可我那个弟弟十分努力，也代我好好抚养了你，因此，我只是远远地守护着小雫。我很想陪小雫去动物园、去露营，想和你一起玩，但也知道，这些事情自己通通做不到了。你明白吗，我有多么期待和你手牵手地散步？现在好不容易有了这样的机会，你的态度太过分了。"她一迭声地埋怨道。

"也犯不着为那些小事就气成这样吧。不过，父亲常常对我说，要是遇见好事发生，要记得感谢身在天国的爸爸妈妈。"

如今想来，父亲其实非常为我的亲生父亲，也即"爸爸"着想。

"我知道哦。因为每当有人思念我，地球都会变得更加明亮一点。"

"是吗？地球？"我惊讶地问道。

"没错，虽然我不太会形容，但确实是这样。每当那时候我就明白，嗯，又有人在思念我了。"

"是这样吗？我一点也不知道。"

"言归正传，小雫，快和我一块儿出去玩嘛，好不好？妈妈会给你买新衣服的，和女儿一起逛街是我的梦想呢。"

说着，她试图再次将我从床上拉起来。

"我已经不需要新衣服了。"我说。

"那么，去吃冰淇淋吧。小雫很想吃冰淇淋，对吧？"她不依不饶地想要说服我。

"你怎么会知道？"

"那当然是因为小雫的任何事情我都了解得一清二楚。吃什么口味好呢？"

"香草的。"我不假思索地回答。

"真是conservative。那么，想搭配什么奶油？"

"不要，我就喜欢最简单的香草冰淇淋。话说，conservative是什么？"

"不会吧，你居然没听过conservative这个词？就是保守、无趣的意思。话说回来，妈妈选择什么口味的冰淇淋好呢？"她思索了一会儿，兴高采烈地说，"就要椰奶和酸奶双重口味的吧，还要加杏仁薄片。"

"你是不是有点贪心啊？一下子吃那么多，小心闹肚子哦。"

"不怕，我最喜欢冰淇淋了。"

"这样啊。那么我会喜欢冰淇淋，也是遗传的关系？"

"可能是吧。"她的声音洋溢着一种与年龄相符的天真烂漫。

"小雫，我想请求你一件事。"过了一会儿，她说，"那个……叫我一声妈妈，好吗？我还一次都没有听你这样称呼过我。"

确实如此，她去世的那年，我只是一个走路跟跟跄跄、尚未学会说话的幼儿。

"妈妈。"

闻言，她笑靥如花地看着我说道："啊，我太开心了！谢谢。"

"我的名字，是妈妈取的吧？"

对我来说，正是这个名字让我感受到了自己与母亲之间的牵绊。

"对啊，因为妈妈特别喜欢大海，所以对爸爸的姓氏'海野'非常中意哦。妈妈思考了很久，想着该用怎样的名字来搭配这个姓氏，后来忽然就想到了'雫'字。"

"是吗，这件事我从未听说过。你为我取名字时，没有遭到反对吗？"我问。

"莫非，小雫不喜欢自己的名字？"她的脸上掠过一丝不安。

"喜欢哦！以前总是被人说很像声优或偶像的名字呢。"说完，我真心实意地对她说道，"谢谢。"

感谢她为我取了如此好听的名字，也感谢她带领我来到这个世界。能够与过世的母亲重逢，这样的机会确属罕见，或许这真的表示，此刻的我已经徘徊在生死之间。

"对了，有件事想请你告诉我。"我懒洋洋地躺在床上对她说。

"天国，是什么样的？"

这应该是我眼下最关心的问题。

"是个非常棒的地方哦。很难用语言准确描述，不过，大概有点像一个长年近视、看什么都模模糊糊的人，忽然得到一副与自己无比匹配的眼镜，眼前一亮的感觉吧。所有事物都变得格外清晰，或许可以说，维度和以前截然不同？与它相比，生前的世界简直就是原始时代呢。"

她的脸上浮现一抹陶醉。

"这样啊,听起来是个比地球更美的地方呢。"我说。

"可是,"她的语气变得略微强硬,"无论何时,最重要的事情永远是活在当下。好好用自己的身体去感知周遭的事物,用眼睛去看、去体会,用手去触摸,用鼻子去闻,用舌头去品尝。现在,妈妈非常怀念能够做到那一切的自己。一旦没有了肉体,很多事情就再也无法完成。离开这个世界后,妈妈才明白,那些事情,一桩桩一件件,都具有各自的意义。"

"你后悔那么早离开吗?"我问。

"嗯——"她思索了很久,仿佛正慢条斯理地在心底翻找着答案,"这绝对不是后悔不后悔的问题,应该说,这是妈妈避无可避的宿命。妈妈必须从中学会成长,这是那个时候妈妈被赋予的人生课题。"

"原来是这样。"

可我仍旧不太明白,何为人生课题。

"最初发现自己失去肉体时,我忽然理解了许多事情,感到无比快乐,简直想高呼'万岁'。但是渐渐地,我想要回到从前的世界,怀念拥有肉体的时光,怀念曾经遭遇的痛苦、辛酸。这应该就是人们常说的'失去才知珍惜'吧。"母亲微笑着说。

不知为何,我总觉得母亲的笑容格外天真,她果然比我年少。我已经无法像她一样保持那种状若天真的微笑。

"这么说,你很快就会转世投胎了吗?"我绕回方才的话题。

"对啊,因为地球上已经没有需要我守护的亲人了。"她百无聊赖地说。

"是吗……这么多年,你竟一直陪在我身边。"我吃惊地说。

"这不是理所当然的吗!"她强调道,"你是随我来到这个世界的,我即便死了,也要竭力对你负责。当初我还打算尽自己最大的努力,让你一天至少能笑一次,不过眼下看来,这个任务也快结束了。"她有些落寞地喃喃自语道。

"妈妈。"我说。

"什么?"她将脸转向我。

"我啊,还想在这边多留一些日子。等那天到了,你会来接我吗?"

"这还用问吗!"她不假思索地回答,"妈妈就是为了能来接你,才先你一步去了天国呀!"

"那么，我们约好了哦。"

"嗯，一定不会食言的。"

说完，她略微调整了姿势，目不转睛地凝视着我。

"小雫已经长成一个温柔懂事的大姑娘了，妈妈打从心底感到幸福。"

第四章

没过多久，我的眼前再度出现一个陌生人。

似乎从很早以前开始，她就一直留在那里。女子秀发长长，容姿端丽，正坐在椅子上看海。会是谁呢？这样想着，我轻声同她打了招呼。

"初次见面，你好。"

她缓缓地回过头。

"对不起，吵醒你了吗？不知为何，从这里望去的濑户内海总是那么令人怀念。"

莫非她也曾是狮子之家的客人？女子鼻梁挺直，是一个凛然的美人。

"我叫海野雫。"

我想友好地与她待一会儿，于是主动报上姓名。

"我叫铃木夏子。你可以叫我'夏'，随意就好。我是从这里踏上'旅途'的客人之一，不过也是很久以前的事了。今日我来，是为了向你道谢。"夏率直地凝视着我的眼睛说道。

"道谢？为什么？"

夏似乎等的便是这句话，她微微一笑，像朵盛开的向日葵。

"因为，你是真心疼爱六花。"

"呃，这么说，夏是六花的……"

"没错，我就是六花从前的主人。"

真没想到能与六花的原主人相见。

"谢谢你。"我也向她致谢。

那个瞬间，我感到自己与她同时落下眼泪，对夏的感激之情越发强烈。

"是我该谢谢你才对。看到六花幸福的模样，我打从内心觉得幸福。"

夏的眸子里水光涌动。

"我真的很喜欢六花。"

"是呢，我也非常非常喜欢六花。可我始终对它放心不下，因此迟迟没能动身出发。"

"那么，长久以来，你一直都守在六花身边？"

就像我的母亲长久守护着我一般。

"是的，简单说来可以这么理解。每天我都会担心地想，它有好好吃饭吗，有被人带着外出散步吗，等等。当然，在你到来之前，大家已经对六花照顾有加，根本无须我操心。

"我想，或许一切只是因为我自己不愿离开六花，才会一直守在它身边。不过，即便六花遇上什么事，我也爱莫能助。这就是失去肉体的后果。

"其实，六花真正需要的不是我这样的存在，而是温情脉脉的肉体。雯小姐，一直以来你都让六花感受到了这样的温暖。"

夏的话令我泪如雨下。

"也许你不知道，与你相伴而眠时，六花的表情真是非常幸福。我啊，最喜欢看六花睡着时的模样了，因为它浑身上下都流露着幸福与愉悦。哪怕只在一旁看着，我也觉得自己无比幸福。

"虽然从许多人那里得到过关爱，但其实六花已经很久没有露出那么幸福的睡颜了。准确说来，自从我走后，这还是第一次。

"别看六花成日活蹦乱跳，其实以它的性格，并非同谁都能亲近，可以说好恶分明得很。倘若对方是自己没兴趣或者不喜欢的人，它才不会摇头摆尾呢。一旦对着非常喜欢的人，它就会毫不吝啬地笑。六花啊，就是这么坦率的家伙。"

"夏，你同六花是在哪里相识的呢？"

"我想想，这可就说来话长了。"

夏开始讲起她与六花初见时的往事。

"我与六花是通过动物爱护协会相识的。那段时间，我刚刚离婚，诸事不顺，身边连一个可以倾诉心事的朋友都没有。某天走在街上，我忽然看见一张广告，上面说希望有人收养六花。

"那时的六花还是一只幼犬，协会工作人员告诉我，虽然无从获知它的准确出生日期，但从外表推算，约莫半岁。当时它的体形与眼下无异，不过到底是稚气未脱的幼犬，刚见到我，就呜呜低叫起来。

"我百思不得其解，这么可爱的狗狗，怎么会被送到动物爱护协会来呢？六花有非常严重的过敏症，恐怕它的母亲曾被无数次强制分娩。有生以来，我第一次意识到日本的宠物业界存在如此可憎的现实。

"我想，能在人生的这个阶段邂逅六花也算某种缘分，于是很快决定收养它。我的内心其实抱着某种期待，自己与六花同样伤痕累累，一起生活的话，说不定可以为我们带来改变。"

"六花是你养的第一只狗狗吗？"

"没错,在那之前,我对狗狗没什么兴趣。刚开始的时候,确实困难重重。六花是女孩子,走到哪儿都可能立刻尿尿。由于它过敏严重。不能吃市面上贩售的狗粮,每一顿都是我亲手给它做的。这样的生活虽然操劳,但与之相应的是,六花每天,真的是每天都能为我带来数倍数十倍的幸福,让笼罩在我头顶的阴云密布的天空一口气放了晴。离婚后,我一直情绪低落,可只要和六花在一起,就感到很开心,人生也完全变了模样。"

"六花的名字,是夏为它取的吗?"

"是呢。因为我是在夏天出生的,所以叫夏子。而六花的生日大约是在隆冬时节,加之毛色雪白,令人想起从天空落下的鹅毛大雪,取个与雪相关的名字不是很好吗?"

"我觉得'六花'这个名字确实很棒。"我发自内心地说。

"谢谢。听见雯小姐这么说,我真开心。对我而言,六花是独一无二的存在,至今仍是我生命的一部分,因此六花的幸福便等于我的幸福。"

"我能理解这份心情,六花也是我人生的重要部分。可是,很快我就不得不离开它了,心里有些难过。"我对夏坦言了自己的想法。

"是啊,的确会非常难过。当时的我也拼尽全力,只为能够多陪六花一段时间,哪怕多出一天、一小时、一秒也好。不过,零小姐,请放心吧,"说着,夏再次看向我,仿佛轻轻呼出了一口气,然后不徐不疾地劝慰道,"我们的心思,六花都懂。倘若零小姐因为不放心六花而忍受着病痛折磨,迟迟不愿踏上'旅途',六花也会担心的。今天过来,我不仅是为了向零小姐道谢,也是为了告诉你这件事。"

没想到,六花竟然懂得我的所有感受……

"六花真是善解人意的好孩子。"

"不错,六花的心比我的更广阔深沉。"

我与夏一道望向大海。

"真美啊!"

"是呢!"

"我有些疲倦,先休息了。不过,夏可以继续留在这里,从这儿望去的夕阳很漂亮。"

"谢谢。"遥望着风平浪静的大海,夏轻轻地说。

当我再次睁眼,夏的身影已经消失不见。

如今,即便在清晨迎来美丽的大海,我也无法凭借自身的力量戴上耳机欣赏音乐。

若在以前，我大约会沮丧不已地感叹。可是现在不同，我相信，每日清晨陪伴我的音乐，始终都在这里。那抹熟悉的音色，能够无数次在脑海中重现。音乐已然化作我自身的一个成分，犹如内脏，与我息息相关。因此，我再也不会感到悲伤。

这里存放着我迄今为止的全部人生：大提琴悠扬的旋律，幼年时邂逅的风景，与父亲共度的安稳时光，尝过的食物，欢喜与悲哀……一切都被好好保存在我的身体里，当然，其中也有父母给予的温暖，有他们充满爱意的目光，从降生那天开始，我便被他们视如珍宝。

不可思议的是，距离死亡越近，我就越能强烈地感受到父母的陪伴。多亏他们的守护，我才坚持到今天。

我已无法像从前那样行动自如，好在还能不时欢笑或流泪。感谢上天依旧为我保留着这颗易感的心。不过我可以肯定，如今的眼泪装满喜悦。我是多么幸福！每当察觉这点，我便不由自主地想要哭泣。

就这样，周日的下午茶时间再次到来。

也许这一回，我的菜单能被选中。

依靠止痛吗啡的功效，我的QOL暂时得以维持，能够再次起床走动。虽说步伐不稳，但总算可以凭借自己的双腿行走，这种感觉真是久违了。

我坐在暖炉旁的老位子上，等待茶会开始。武雄先生的豆花、Master的可丽露、小百的苹果派，以及志麻奶奶的牡丹饼，每道点心，都已切实化作我身心的一部分。然而记忆似乎到此为止，我再也没能从中寻出别的点心。

"接下来，茶会正式开始。"

和往常一样，玛丹娜朗读着客人的菜单。难得的是，老师与修女竟然参加了今日的茶会。

"从小我便与父亲相依为命。

"无论那时还是如今，父亲都是我最喜欢的人。

"那是发生在我小学二年级或者三年级时的事了。某个周日，刚好是父亲的生日。

"尽管父亲为我庆祝过无数个生日，我却一次也没有为他庆祝过生日。当时，我脑海中灵光一闪，心想，今天就由我来为父亲举办一场生日宴会吧。

"于是有生以来，我头一回尝试独自一人制作点心。那天以前，我总是与父亲一块儿烘焙简单的点心，没有一次是自己独立完成的。

"我满怀热忱地构思着制作方案，甚至查阅了父亲烤制点心所用的食谱，决定好制作哪一款后，一个人跑去超市，把抄录下来的食材通通买回家。我想，父亲看着如此反常的女儿，心里一定七上八下的，但我沉浸在亲手烘焙点心的兴奋情绪中，丝毫未曾顾忌父亲会不会担忧。我还记得，当时自己坚持让父亲待在别的房间，不许他踏进厨房一步。

"我选择的点心是千层可丽饼。

"这道点心的大致做法是将薄薄的面饼烤至熟透，一层面饼一层奶油地叠上去。我之所以选择它，大约是因为制作工序相对简单，不必使用烤箱，只用煎锅就行，这么一来，即便是小孩也能轻易完成。

"我将面糊在煎锅中铺匀，烤制出好几枚薄薄的面饼，然后要将生奶油打至起泡，但由于没有电动打蛋器，我只好用手动打蛋器不停搅拌着。然而仅是这一步，便让我险些灰心丧气，奶油总是打不匀，又不能请父亲帮忙。我拼命搅拌着，感觉手腕差点废掉。好在事先置于钵下的冰块起了作用，终究顺利打完了生奶油，我才松了口气。

"烤熟的面饼上不只抹了生奶油，我甚至从冰箱里找出好几种果酱，一并加了进去，然后一层层叠起来。换言之，这一层的生奶油搭配着草莓酱，下一层的生奶油搭配着橘子酱，堪称口味多变。我家的早餐以面包为主，因此冰箱里随时备有各种果酱，其中不乏父亲亲手做的独门果酱。

"原本我希望能像蛋糕店里贩售的生日蛋糕那样，用巧克力酱在可丽饼上写一行字：'爸爸，祝你生日快乐！'然而在超市买东西时并未想到这个点子，因此巧克力酱被我忘到了九霄云外。为了弥补自己的失误，我在心形彩色纸上写了几句话，做成留言卡放在千层可丽饼上。

"这便是我生平第一次亲手制作的点心。我将可丽饼用保鲜膜包好，放进冰箱。

"晚上，父亲叫了寿司外卖，我们边看电视边吃着，然后终于等到'生日蛋糕'登场的时刻。

"我端着千层可丽饼，背朝父亲走出来，想要给他一个惊喜。

"千层可丽饼上插着一根小小的蜡烛，以示庆贺。

"我始终记得当日那道千层可丽饼的滋味，虽然这么说显得大言不惭，但它真的格外美味。

"此外，最令我开心的是，父亲非常喜欢我做的千层可丽饼。

"在我踏上'旅途'之前，真想再尝一次那道千层可丽饼。"

念到这里，玛丹娜朝大家鞠了一躬，而后将菜单叠起来，放回女仆服的围裙口袋中。

就在这时……

"我还记得。"

不知从何处传来令人怀念的声音。毫无疑问，说话的人是父亲。可是，为什么？父亲怎么可能出现在狮子之家？真奇怪！这么想着，我朝音源的方向转过头去，这一次，只见父亲坐在窗边的椅子上。

究竟怎么回事？

思绪变得混乱。莫非在我不知道的某一天，父亲也过世了，然后现在要亲自接我去往天国？我恍恍惚惚地思索着。

"小雫！"父亲似乎察觉到我醒来，一脸惊惶地唤道。

"雫小姐，您醒了？"玛丹娜声音沉稳地问。

"我……"我试图开口说话，可无论怎么使劲，都只能发出气若游丝的呢喃，腹部已经使不上力了。

"雯小姐，您还活着哦。令尊来看您了。"

玛丹娜一眨不眨地凝视着我，缓缓说出此刻我最想听到的话。

"为……什……么？"我说。

父亲怎么知道我住进了狮子之家？

父亲微笑着表示，这个消息是他从我的总角之交那里得知的。

父亲来到床前，轻轻抚了抚我的手，然后若无其事地擦掉我眼角的眼眵。

"小雯，你已经很努力了。"

"真的，雯小姐，一直以来，您做得非常好。"玛丹娜的声音与父亲的轻轻重叠。

"六花……"我多想立刻看到六花。

"我这就将六花带来。"说完，玛丹娜匆匆跑出房间。

我与父亲真的很久没见了。

我还以为再也无法见到他。

如此说来，表面上看我已做好与父亲永不相见的思想准备，但其实也许当初在邮件中向那位女性朋友描述自己的近况时，我便在内心某处期待着，期待今后依然能与父亲保持联系。原本以为父亲会因为我隐瞒自己的病情而大发雷霆，不料他什么也没说。

相反，他从纸袋里取出一只用包袱皮裹着的盒子，朝我示意道："对了，还有这个。"父亲在我身边动作麻利地解开包袱皮，打开盒盖，只见盒里盛着几只倒三角形的饭团，宛如濑户内的岛影，洁白的米粒闪闪发光。我再次忆起来到狮子之家那日，从客船上望见的风景。

"小雫，要吃吗？"

其实很想大口地吃掉饭团，奈何身体已经没有多余的力气。"对不起。"我一边在心里向父亲道歉，一边摇了摇头。父亲温柔而沉默地抚了抚我的头。真暖，父亲手心的温度暖如春阳。于我而言，能够遇见这名男子，有他做自己的父亲，实在无比幸运。并且，我也十分感激带领我来到这个世界、如今早已身在天国的父母。

"雫小姐。"玛丹娜抱着六花回到房里。

六花飞快地扑到床上，乖乖蜷缩在我身边，这是六花式的亲昵问候。它浓密的体毛犹如细碎的泡沫，轻轻裹着我的掌心，然而我已无法用同样的方式回应六花的亲昵，只能在心里大声对它说："六花，我见到了你曾经最喜欢的人哦，夏告诉我，她非常非常喜欢六花。六花曾与夏一块儿度过美好的时光吧，真棒呢，对不对？"

接下来，玛丹娜朗声对我说："这是今日下午茶会上款待客人们的点心，千层可丽饼。"

原来，方才参加下午茶会之事果然是我的幻觉。此刻的我，依旧分不清现实与幻觉的界线。即便二者突兀地出现，又突兀地互换，我也毫不奇怪。

"我这就去备茶。"

说完，玛丹娜静静地离开了。

房间里再次剩下我与父亲。一时间，两人都不知该说什么，而且我已基本丧失说话的能力。身体无法动弹尚在意料之中，何况我也做好了充分的心理准备，只是没想到会连声音都失去。

此时，父亲开口了："其实，有个人无论如何都想见见小雫，我便带着她来了。"

"您……的……太……太？"我拼命从嗓子里挤出声音问道。

父亲默默摇了摇头。他太太的名字我并不陌生，然而至今依然无法坦率地直呼其名。我是个固执的人，也许连同这点在内，才是真实的我。

"是我女儿，就快读初中了。之前我们与她聊天，她才得知自己有个姐姐，立即一迭声地嚷着想见姐姐，怎么劝都不听。我一直想把这件事告诉小雫，却不知如何开口。吓着你了吧？抱歉。"父亲说。

我有妹妹了！

真想如此放声大喊。可惜，我已无法做到，只好用父亲能听懂的语速，费力地张口，一字一顿地说："想……见……她。""妹妹"这个字眼钻入耳膜的刹那，带给内心强烈的震撼。惊喜突如其来，令人难以承受。

"我明白了，她在车上等着呢，现在我就去将她带进来。小雫，你躺在床上好好休息。"

父亲语速极快地说完，立刻跳起来，跑出房间。

此时，只有六花陪在我身边。可是，我连将它紧紧拥在怀中的力气也已丧失殆尽。

对……不……起。

或许已经无法让六花枕在臂弯里了，但我对它的爱意丝毫未减，多希望能将这种心情传达给它。

"看，这就是雫姐姐。"

被父亲催促着，一个女孩子含羞走进房来，手中握着一束花。

"你……叫……什……么……名……字？"我问。

"我叫小梢。"小梢神情羞涩，认真地回答。

"这孩子果然眉目间与雫小姐有些相似。"玛丹娜一边为我们斟茶，一边说。

我目不转睛地凝视着妹妹的脸。就世俗称谓而言，我与她并非亲姐妹，准确说来只算得上表姐妹。可无论如何，她都是我的妹妹。我不敢置信地看着这个妹妹，感觉恍如梦境。

原来，我并非孤单一人。

这样想着，心里涌现小小的欢喜，仿佛买下仅剩的一只福袋，却出乎意料地发现里面装满自己喜爱的物件。

"请慢用。"

玛丹娜切开千层可丽饼，为我们一人分了一块。我缓慢地坐起身。无数光粒在海面雀跃地舞蹈，见此情形，我也欢喜得想要跳舞。

尽管无比渴望，我却已没有力气品尝千层可丽饼。不过，当我望着这块层层叠叠的点心，内心依然变得蓬松又柔软。这道点心象征着我的人生，用层层平淡无奇的日常夹裹住璀璨甘甜的回忆。此刻，父亲与小梢吃着千层可丽饼，而我仅仅这样待在他们身边，便已感到幸福，脑海中突然涌现与父亲共度的漫长岁月。

"好……吃……吗？"我缓声问小梢。

闻言，小梢抿住唇，用力点头。

她一定是第一次面对病入膏肓的亲人，我有些担心自己的模样吓着她。不过能够见到她，我打心眼里感到幸福。她就犹如我人生的最后一笔奖金。

眼前的一切，都是我人生开的花、结的果。而此时此刻，是从我存在的时间中析出的结晶。正因如此，除了我自己，还有谁会为我的人生道贺祝福呢？

我想用双臂从身后紧紧抱住自己，轻轻慰劳一句："辛苦了，长久以来，你已竭尽全力地生活。"

或许，在这一刻踏上"旅途"也是不错的。

我忽然这样认为。

我的心中已了无遗憾，不仅见到了父亲，还出乎意料地结识了自己的妹妹。我莫名参悟了一则道理：一次美好的临终，足以匹敌一段充实的人生。

回顾这一生，我觉得它多少算得上意味深长，它赋予过我百般滋味。也许它的存在，正是为了让我学习如何接纳失去。

我闭上眼睛，试着在心中数数。倘若是现在的话，我感觉灵魂随时能够倏然蹿出体外。

每当数着数字,我便会回到幼年与父亲一块儿洗澡的时光。

一,二,三,四——那时的父亲还年轻,头发也浓密。

五,六,七,八。

洗澡水温度正好,令人身心愉悦。

然而,要是此刻踏上"旅途",说不定会害得父亲与小梢情绪大乱。虽然我已做好赴死的准备,可是父亲与小梢并没有。假如眼睁睁看着我离开,他们大约会受到惊吓,会追悔莫及。所以,此刻果然不是离开的好时机。

想着想着,我再次缓慢地睁开双眼,说:"大家……要不要……一块儿……去……葡萄田……散步?"

我的声音听上去比方才更加微弱,与其说是声音,不如说是气息。好在玛丹娜仿佛精通唇语似的,当即读懂了我的意思。

"不错,难得今日令尊与令妹来访,不若大家一块儿去散步吧!我这就去让工作人员准备一下。雫小姐,请您放松心情,再休息一会儿。"玛丹娜用她一如既往的沉稳声调说道。

小梢走到床前,微微俯身,抚摸六花的背脊。其实,我很想再与小梢聊聊天,告诉她许多许多关于六花的事,还想教她做千层可丽饼，如此一来，今后小梢便能亲手为父亲烤制这道点心。

倘若我在昨日死去，便会错过与父亲、小梢重逢的机会。这样想想，心中再次充满感激，感激这具身体仍旧存活于世。我的生命脆弱不堪，随时可能因风消散，但若没有它，"今日"也将永不存在。因此，"我想活下去""我不想死"……诸如此类的心愿绝非谬论。

"感谢神明。"

我在心中竭力呐喊。

除了玛丹娜，另有几位负责照顾我日常生活的工作人员也与我们一道前往葡萄田散步。我已无法依靠自己的双腿行走，只好使用轮椅。不用说，六花自然与我同行。来到户外，它依然像兔子似的蹦蹦跳跳地往前跑。

"二月就快来了。"玛丹娜仰头望着湛蓝的天空，轻声呢喃。

"有的地方，梅花好像已经开了。"某位工作人员接过话茬。

"马上又到品尝美味玉筋鱼的季节了。"另一位工作人员开朗地感叹道。

是吗，原来二月即将来临。换言之，我已在狮子之家度过一月之久。

我闭上眼睛，深深呼吸，隐约闻见柔和的梅花香气，于是再次深吸一口，感觉梅花一朵一朵在体内绽放，混合着我深爱的柑橘香。过了好一会儿，我才长长吐出一口气。

倘若将意识集中在"此刻"这个瞬间，人就不再患得患失、顾此失彼。而我的人生，确实也只剩下"此刻"。

来到这里，我终于领悟这个简单的道理。假如"此刻"是幸福的，那么我已没有遗憾。

父亲与小梢一左一右地守在轮椅两侧，不徐不疾地走着。方才我说想来葡萄田，并非为了见田阳地君，倒不如说，我一点也不愿意让他记住自己这副枯槁的模样。

没错，我只是期望与父亲、小梢共同分享此处的风光，这是我能赠予二人的唯一礼物。我想要他们带回家的，不是死别的悲伤，而是美丽的大海、天空与光之记忆。除了这件礼物，我手上再没有能够送出的东西。我想，我们一道目睹的风景，必将成为最宝贵的礼物。

能够活着，真好。

能够迎来"今日"，真好。

我的身体早已回不到健康的往昔，但我的心可以，这让我感到无比自豪。

骤然涌现的感激之情，在我的体内刮起一往无前的春日风暴。

第五章

那天之后，我奇迹般地又参加了一场下午茶会。看来，这条生命颇受神明眷顾。

我的祈盼已全部实现，这回就见证一下他人的心愿吧。

大家齐聚茶室，紧张而兴奋地期盼着今日的点心。由于参加者众多，茶室坐不下，有些人干脆挤在走廊里。

和往常一样，玛丹娜站在大家面前朗读菜单。她的声音略带鼻音，不知是花粉症还是感冒的缘故。

"学生时代的朋友曾委托我创作一首歌的歌词，那首歌谣曲①大红后，我便被大家称作'老师'。我的人生自此步入顺境，从未遭遇任何挫折。"

---

① 昭和时代的日本流行音乐的总称。

原来是老师，玛丹娜朗读的是老师的文章。她继续念着。

"然而正是这样的我，忽然被宣告罹患癌症。这个消息在我的耳边犹如炸响了晴天霹雳。身边那些人见我病入膏肓，顿时作鸟兽散。"

"那是您自己造成的。"我说。在此之前，我从未如此大胆，今日却不由自主地说出这样的话来。

玛丹娜看着我，用力点了点头。我这才回过神，意识到自己打断了玛丹娜的朗读，于是对她说了声抱歉。玛丹娜凝神屏息，而后深深吸了一口气，若无其事地继续念道：

"被医生宣告罹患癌症后，我理所当然地将一切归咎于妻子，甚至对她说，你是为了得到遗产，才故意在我的饭菜里下毒的吧。原本只是一句无心的玩笑话，妻子听了，却在第二天留下离婚协议书，离家出走。"

老师妻子的做法当然是人之常情，怎么会有人将自己的疾病怪罪于他人呢？真是不可理喻。虽然心里这么想着，我却没有再度开口。

"我在外面花天酒地，与女人们分手后便回家享受妻子的照顾。我错误地认为，修建漂亮的房子，送她车子宝石，让她去海外旅行，就能让她心满意足。我以为一切都在自己的掌控之中。"

想不到世上还有满不在乎地抱着这种想法的人，我简直瞠目结舌。老师这般功成名就的男子，看待事物怎会如此天真。不过，这话我也没有说出口。

"前些日子，妻子告诉我，她所理解的幸福，是指一个人能为身边之人制造欢声笑语。我也是后来才明白，妻子是这世上唯一对我不离不弃的人。"

仔细想想，我又为身边之人带去了多少欢笑呢？

"尽管如此，那时的我依然恼羞成怒地骂她蠢货，我只能靠这种方式发泄心中的怒火。其实她说的都没错，但我不愿当场认输，如果不把责任推卸给他人，我便始终愤懑难平。"

关于那次争吵，当日我曾在走廊里听到一部分。回想起来，那时自己的身体就不大灵便了，当然，这同老师冲他的妻子大吼大叫毫无关系。

玛丹娜继续念道："妻子曾带着葡萄干三明治来探望我，那是我最喜欢的点心，但我拒绝了她的好意，吵嚷着我才不需要那种东西，给我拿回去。

"或许，妻子只想最后一次与我一道喝喝茶、吃吃点心。对妻子，我的心里充满愧疚，也深刻意识到自己做了许多对不起她的事。自从生了病，有生以来我头一次明白，有些东西是花钱也买不来的。也是认识到这一点后，我才发现原来世上到处都有无法以金钱交换之物。"

念到这里，玛丹娜忽然抬起头，严肃地说："有因才有果，所有人只能自己播种，自己培育，自己收割，自己收获。"

听闻此言，老师流下眼泪。为了不让任何人察觉，他咬着唇默默哭泣。

"都怪当初我什么都没种下，因而我的田野也一无所获。一切得到都是假象。"老师泪流满面地坦言。

这时，玛丹娜突然仰起脸，开始唱歌。那首歌我也听过，是很有名的一首曲子。待她唱到一半，有人随着她轻声唱起来。

唱完后，玛丹娜说："您真的不曾好好播种吗？许多人都因您创作的歌曲受到鼓舞。恕我直言，我本人便是其中之一。"

茶室里响起不绝的掌声，我也跟着鼓起掌。方才听闻的歌曲，犹如一根木桩，深深刺入心中。整首歌的旋律我大致知道，不过还是第一次聚精会神地听完副歌以外的部分。歌词质朴而纯真，完全不像老师所作。

"可是——"老师哭得神情扭曲，涕泗横流，宛如一个手足无措的孩童,"这歌词只不过是我情急之下,用了十五分钟随便写的。它会受人欢迎,纯属偶然,并不能证明我的实力。"

泪水从老师的眼中大颗大颗滑落。

"您这么想就错了。"玛丹娜淡淡地笑道,"老师,您之所以能够'随便'创作歌词,是因为您的确才华横溢。"

老师用向神明忏悔般的语气说道:"我已没有时间让自己的人生重新来过了,也无法对那些被我伤害过的人低头道歉,更无法向支持过我的人表达谢意。"

此刻,老师卸掉了身上所有的盔甲,沮丧地垂着头,身体缩成小小一团。

"今日的点心,我们准备了葡萄干三明治。请大家慢用。"玛丹娜的声音再次响起。

为大家分发点心的是一位鬓发斑白的女子,此前我从未见过,或许她便是老师的前妻。她亲自将葡萄干三明治发给每一个人,同时对每一个人鞠躬行礼。

老师,赶上了。虽然时间紧迫,但他终究及时察觉了自己犯下的错误。单凭这一点,我便想为他用力鼓掌。

忽然,我想起玛丹娜若无其事地告诉过我一句话:"只要活着,人就有机会改变一切……"以前我从未有过她这样的想法,现在看来，确有道理。玛丹娜之所以如斯感慨，是因为她目睹了老师察觉到自己犯下的错误吗？不，也许是玛丹娜对老师的深信不疑，促使老师的内心发生了改变。

我想对老师说，即便不是逆转局势的满垒本垒打也没关系，因为人终究无法轻易变更自己的生存之道。而人生更大的意义恰恰在于直到最后一刻也不放弃，努力寻求改变。

这正是我的亲身经历。来到狮子之家后，我总算变得与从前截然不同。一想起初来这里时那个自暴自弃的自己，我便羞愧得无地自容，不过内心深处也对她藏着一抹怜惜。

如同玛丹娜所说，只要活着，人就有机会改变一切。

我的面前静静地摆着一块葡萄干三明治。今日，志麻奶奶也来了，在厨房帮小舞奶奶做点心。或许是因为许久没见，我感觉志麻奶奶眼圈微微发青，却不见得怎么消瘦，脸色也还好。此时，她正神情专注地为大家斟茶。

"雯小姐身体如何？"

从走廊传来清晰的谈话声。或许这正得益于耳朵上戴着的助听器，否则我不可能听得如此清楚。

方才那道声音，没错，一定是田阳地君。与他聊天的，正是玛丹娜。

"这些天始终不见起色。自从身体出血,她几乎一直昏迷着。偶尔清醒过来,便和身边的人聊聊天。"

"这样吗……毕竟她一直那么爱操心,总是跑来跑去不肯闲着。当年我妈弥留之际也是如此,所以我多多少少猜得出状况。"

原来田阳地君的母亲也已病逝,此前我竟从未听闻。

"一定是这样了。不过,雫小姐依然听得见,去跟她讲讲话吧。"

玛丹娜说得很对,时至今日,我也没有完全丧失听力,还能清晰地听见他们的对话。

玛丹娜继续道:"蜡烛啊,在它熄灭的前一刻是最美的,人也如此。看着雫小姐,我越发会有这种感觉。"

不一会儿,田阳地君来到我身边,对我轻声道:"那日的大海很美吧!小雫和六花坐在车后座上,我觉得咱们真像家人一样,心里暖暖的。那时候,小雫曾说:'能够来到狮子之家,实在太好了。'

"我啊,听完这话,一时不知怎么回答,只好装作没听见,对不起。可是,当时我真的在认真听小雫说话。"

田阳地君，此时我也在认真地听你说话，包括你的每一次呼吸，我都听得清清楚楚。

田阳地君温柔地握住我的手，继续道："为什么呢？为什么人总是不得不分离呢？我好不容易才遇见小雫，想和小雫继续约会，想带小雫去岛上的许多地方。"

我也想与田阳地君一道去往海岛的其他地方，想从海岛各处观察大海形形色色的表情。等夏天来临，我便和他去那片美丽的沙滩放烟花。并且，我还想与六花、田阳地君一块儿在海中畅游。

"不过，假如小雫没有生病，也就不会遇见我了。真是讽刺呢！"

是啊，田阳地君说得一点没错。倘若我没有罹患癌症，就根本不可能来到柠檬岛。

啊，我想起来了，原来是这么回事。元旦那天，我曾从看护师口中听闻修女说过的话——将不幸一口气吸入肺腑，再化为感激呼出，这句话的深意原来在这里。

"能够遇见你，真是太好了。我会遵守我们的约定，放心吧。下一次，轮到你化作阳光，照亮我们喽！我妈临走前曾说，死去的人会化作阳光。我相信这是真的哦，所以，小雫也会变成阳光的。"田阳地君说。

没错，我很快便会化作阳光了。

化作阳光，照亮这个世界。

这样想着，心中忽而涌起绚烂耀眼的情绪。

田阳地君用他的脸轻轻碰了碰我的脸颊。他的气息令人眷恋。

"谢谢你。我想，终有一天我们可以再次相见，所以现在不许说道别的话哦。"

嗯，我也打从心底这么认为。我相信，即便各自改变了容颜，我与田阳地君也能在世界某处再次相见。因此，眼下并非真正的离别。

我在心里默默念道"我开动了"，然后轻轻拿起葡萄干三明治，凑近细细一闻，鼻尖传来黄油甘甜的芬芳。忽然，我想起了小梢，真想让小梢也尝尝葡萄干三明治。将我的这块分一半给她，看着她喜笑颜开的模样，我便会感到无比欣慰。对我来说，哪怕一生只能遇见一个这样的人，也是至高无上的收获。曾经的我，也好好地播种过啊！

我的妹妹，是个沐浴在阳光下、被双亲细致呵护的姑娘。我所品尝的孤独、哀戚、烦躁不安都已化作养分，培育出一颗名为"小梢"的果实。如此想来，所有经历都值得纪念。曾经的我，并未浪费一分一秒的时光。

吃完葡萄干三明治，喝下一口红茶，我轻声说："我吃好了，感谢款待。"

口腔中残留着葡萄干、饼干与奶油的香味。

不知何处回荡起隐约的笑声。

然后，玛丹娜对我说："雫小姐，您辛苦了。请安心歇息吧。"

第六章

第一日

雫姐姐去世了。

消息是昨日深夜传来的。今早上学前,母亲告诉了我。

与雫姐姐相识不过一周。一周之前,雫姐姐尚且活在这世上,拥有肉体,也拥有温度。如今已物是人非,她的肉体依旧完好,人却没有了呼吸,也没有了温度。我忽然想起多年之前死掉的那只兔子。

父亲下班回家,打开玄关门走了进来。

"欢迎回来。"

我走上前迎接父亲。

闻言,正脱着大衣的父亲吃惊地抬起脸。

"你们姐妹俩声音太像了,有那么一瞬,我还以为是小雫在说话。"

而后,他的脸上浮起悲伤的微笑。被他的情绪牵动,我也悲伤地笑了。

"可以把这个交给母亲吗?小雫从前很喜欢,回家路上我正好看到,便买了回来。"

父亲从公文包里拿出一块鱼糕。母亲热衷环保,受她的影响,我与父亲都尽量不使用塑料袋。父亲从包里拿出鱼糕后,又递来一小盒布丁。

"下雨了吗?"见父亲大衣的肩膀周围沾着雨滴,我问。

放学回家时,天空尚未落雨。

"嗯,下得不大。大概是泪雨吧。"

得知雫姐姐去世的消息,父亲有没有哭呢?迄今为止,我还没有好好地为她哭一场。我知道这种情况下自己理应尽情痛哭,可身体的反馈似乎过于迟钝。

"给,这是爸爸买的。"

我将鱼糕交给正在厨房准备晚餐的母亲。无论形状还是尺寸,这块鱼糕都与接力棒很像。至于布丁,则被我直接放进了冰箱。

"今晚吃什么?"我问母亲。

"你爸爸说，想吃小雫喜欢的鸡肉锅。小梢，可以帮忙摆一下碗筷吗？鸡肉锅差不多煮好了，记得为小雫预备一副碗筷。"

"好的——"我故意拖长声调，打开了橱柜。

父亲换好家居服，走进一楼客厅。我挨着母亲坐在餐桌旁，斜前方是父亲。平日里，我的对面通常空无一人，今日便留给了雫姐姐。

橱柜深处始终留着一套崭新的碗筷与茶杯，我以为那是给家中客人准备的，现在想想，或许是雫姐姐的专用餐具。

"喝啤酒吗？"母亲问道。

"也好，就喝一点点吧。"父亲回答。

母亲从冰箱里取出一瓶啤酒，拔掉瓶塞，将酒倒进父亲面前的杯子里。由于用力过猛，啤酒泡险些溢出杯子。母亲素来滴酒不沾，于是在她的茶杯里倒入平日常喝的粗茶。我用杯子接了点饮用自来水，回到座位上。

"跟杯。"说着，父亲举起啤酒杯。

"爸爸，应该是'干杯'吧！"

我以为是父亲口误，没想到他目光坚定地说："所谓'跟杯'，是指怀着对逝者的祈祷之情饮下美酒。"

看来弄错的人是我。

"跟杯。"我羞愧地修正了自己的说法。

"跟杯。"

"跟杯。"

父亲和母亲表情沉静地举起杯。不知为何，我觉得杯子里的饮用自来水有点咸，是错觉吗？这味道犹如掺了水的眼泪。

母亲点燃桌上的煤气炉，一时间，三人都有些沉默，怔怔地盯着一圈青白色的火苗发呆，仿佛那是露营时的篝火。

"时间差不多了吧。"

母亲打破沉默，揭开鸡肉锅的盖子。锅里，煮好的鸡肉丸子热热闹闹地浮在汤面上，状如一颗颗小行星。父亲拈起装着蔬菜的笊篱，连同鱼糕一块儿放进锅中煮着。

等待蔬菜煮熟的时间里，我在自己和雩姐姐的碗里分别倒入橙醋，又为她夹了少许较辣的食材。和我不同，雩姐姐已经是大人了，应该不怕辣才对。

估摸着锅里的蔬菜已经熟透，父亲开口道："吃吧。小雩倘若知道这顿晚餐寄托着我们对她的思念，一定会很开心。"

"我开动了——"我将筷子伸进锅里，用莫名开朗的声音孩子气地喊道。

今天有社团活动，所以肚子很饿。我首先吃了最喜欢的白菜，然后夹起热乎乎的鸡肉丸子大快朵颐。

"真好吃，不过好烫啊！"

鸡肉丸子在口腔里炸裂开来，犹如燃起一团火焰。好不容易吞下鸡肉丸子，我赶紧端起水杯，一口气灌下饮用水。果然，杯子里的水是咸的。

"我到底还是没能见上小雫一面。"

我手忙脚乱地吃着，一旁的母亲用手支着半边脸颊，落寞地感叹道。她一直看着我与父亲吃，自己却没动筷子。由于母亲坐在我身边，我看不见她的神情，或许她正在哭也说不定。

"没办法，小雫坚持一个人住，不可能强行把她带来这边，让她和我们生活在一起。何况那时还发生了许多别的事，时机上不凑巧。"

我对父亲口中的"许多别的事"格外在意，却假装没有听见。

自从上周日见到雫姐姐，我便无数次以雫姐姐的年龄、我的年龄，以及我出生时父亲的年龄为切入点，探寻我的"诞生"与雫姐姐选择独居之间有无直接的因果关系，却最终一无所获。为此，我悄悄松了口气。在我看来，倘若因为我的出现，雫姐姐被迫过上孤零零的独居生活，那也太对不起她了。这份"罪孽"仅凭口头道歉是无法弥补的，大约必须向她跪下赔罪才行。然而，事情似乎没有我以为的那样单纯。

"话虽如此，但好歹也应等到她高中毕业，不然小雫也不至于早早地就……"

看来对雫姐姐，母亲心底的愧疚比我更深。从刚才开始，她就不停叹息。

"没关系，别想那么多，当年的一切都是小雫自己决定的。"

父亲边说边在他的碗里捣鼓着什么，我默默看了一会儿。

"做好了，做好了。"

他微笑着举起以筷子穿起的鱼糕，鱼糕孔里塞着茼蒿。

"这是什么？"我问。

父亲的镜片上水汽氤氲，他有些得意地解释道："小雫小时候不爱吃蔬菜，尤其厌恶茼蒿。所以，我就在她最喜欢的鱼糕里悄悄塞满茼蒿让她吃。"

说完，他将塞有茼蒿的鱼糕串放在雫姐姐的碗里，仿佛雫姐姐真坐在对面。鱼糕温热，仍飘着袅袅水汽。

"小梢吃吗？"父亲问道。

我条件反射般冷淡地回答："不要。"说完却立即改口，"我要吃。"

我果然也想尝尝雯姐姐吃过的食物。

与母亲结婚前，父亲曾与雯姐姐一块儿住在另一个街区。雯姐姐并非父亲的亲生女儿，而是他双胞胎姐姐的独生女，后来他的姐姐与姐夫意外遭遇车祸，双双去世，父亲便领养了年幼的雯姐姐，独自将她抚养长大。我并不了解当年之事的具体经过，总之对父亲而言，雯姐姐与我、母亲一样，都是他生命中很重要的人。这些事还是父亲带我前往雯姐姐所在的临终安养院时，在车上向我提及的。

其实，那天母亲本想与我们一块儿去探望雯姐姐，可最终没有去。她从院子里摘了些早开的新鲜花朵，做成花束让我代为转交。途中，我一直捧着那束花，仿佛站在人山人海里，因为生怕迷路而紧紧攥住母亲的手。

"小雯温柔的性情拯救过爸爸，对当时的爸爸而言，无异于生存的全部意义。不过说实话，爸爸也曾软弱地依赖于那份温柔。"从临终安养院回家的路上，父亲一边开车一边对我说道，泪水在他的脸上闪闪发光。

我忽然有些冲动，很想再见雯姐姐一面，险些对父亲脱口而出"我们现在就回临终安养院去吧"。

然而，我终究没能说出口。想了很久，我也不明白是为什么。我只知道，人生中有的事可以数度重来，而有的事不可重来。与零姐姐的相见，属于仅此一次、不可重来的那种，一旦打破这条界线，事情便会一发而不可收。

我假装没有察觉父亲的眼泪，扭头看向另一侧窗外。从车窗望去，大海闪烁着耀眼的辉泽，异常美丽，仿佛充满勃勃生机。

"听话，韭菜和大葱也要好好地吃哦。"

我正想得出神，一旁的母亲夹了许多蔬菜在我碗里。父亲也为我做了一串茼蒿鱼糕。对茼蒿，我实在没什么兴趣。我微微抬眼，一刹那，恍惚感觉与零姐姐四目相对。我端着碗，正打算吃掉被父亲塞满茼蒿的鱼糕，再次抬头看向对面，那里果真空无一人，大概方才的情景是自己的错觉吧。

零姐姐去世时年仅三十三岁，而我今年十三岁。还得再过二十年，我才能到零姐姐的年龄。

"我也喝点啤酒吧。"我鬼使神差地说出这么一句话来。

"欸？"母亲大吃一惊。

父亲的反应在我意料之中。他默默递给我一只杯子，斟了些瓶子里残余的啤酒。

"不能多喝哦。"

"嗯。"我怀着异样的心情点点头，说了句，"跟杯。"

舌尖布满黏稠微苦的啤酒泡，这么比喻也许不大恰当，可我真的有一种正在喝掉谁的唾沫的感觉。然而事已至此，我不能打退堂鼓，干脆强迫自己一口气吞下。

"一点也不好喝。"我皱眉道，仿佛看见雯姐姐坐在对面，正捂嘴偷笑。

果然，雯姐姐就在那里。我去临终安养院探望她时，她枯瘦如柴，仿佛稍微用力，她纤细的手指与手腕便会被折断。此刻坐在我面前的雯姐姐却比那时稍胖一些，头发浓密，脸色红润，看上去神采奕奕。

不过，要是我将雯姐姐坐在对面的事告诉父母，说不定她会像敏感的蝴蝶一样立刻飞走，消失不见。因此，我假装什么也没察觉，若无其事地吃着饭。又或许，父亲与母亲也看见了对面的雯姐姐，心里怀着同样的想法。这里的每个人都知道这件事，却没有一人愿意戳破。虽然不可以像裸身国王那般自欺欺人，但是我想，倘若大家明知雯姐姐就在这里却选择缄口不言，那么这一定是出于爱。此刻多么难得，我们一家四口终于团聚在餐桌旁。

我细嚼慢咽地吃着。锅里的食材发出咕嘟咕嘟的煮沸声。这是一个无比宁谧的夜晚。

最后一道菜，是母亲煮的杂烩粥。

"要多煮点米哦。"

其实，我原本想说"要煮四人份的米哦"，可又担心被雫姐姐知道我已察觉到她的存在，于是刻意说得十分隐晦。我想，倘若采用"多煮点米"的说法，她或许会以为我只是因为肚子太饿想要多吃一些。事实上，我真的很想让雫姐姐也尝尝又温暖又美味的鸡蛋杂烩粥。想到这里，我猛地站起身，从冰箱里拿出腌萝卜——从小我便极爱吃这个。

"爸爸，雫姐姐小时候是什么样的呢？"明明只喝了一小口啤酒泡，根本不可能醉，我却有些飘飘然地问道。用父亲的话说，我正值青春期，性情别扭，最近几乎不想与父母说太多的话。

"小雫啊——"父亲双手抱胸，凝视着煤气炉的火苗回忆道，"真的是非常听话的孩子，即便长大了，也十分乖巧懂事。她心思细腻，很照顾对方的感受，从不说任性的话。但是我想，正因为太懂事，她的心里才装了许多事情吧。总之，她绝不会说人坏话或是刁难旁人，更不会闹别扭、使性子，和她在一起，好似有小天使陪在身边。"

我专注地聆听父亲讲话，母亲在我们碗里盛了杂烩粥。雫姐姐与我真是大不相同，念小学时，我曾在背后讲一个调皮的同班生的坏话，为此被老师训了一顿。

母亲也为雯姐姐盛了满满一碗粥，分量与我的一样多。我端起粥碗，感觉手心沉甸甸的。尽管不知道雯姐姐是否喜欢腌萝卜，我依然夹了一片放在她的粥碗里。我的诸多喜好都曾被人评价"老气横秋"，或许这跟我出生时父亲已不算年轻有关吧。

"说起来，小雯为何最终选择搬进那座海岛上的临终安养院呢？"母亲一边吃着杂烩粥，一边问道。

"那个地方留有她与爸爸的回忆？"我插嘴道。

"关于这件事，爸爸也思索了很久，却始终找不到答案。我们从未前往濑户内旅行，不过，小雯自小就喜欢吃蜜柑。"父亲说。

"不管怎么说，单单因为喜欢蜜柑就搬去濑户内的临终安养院，也太奇怪了吧，她又不是小孩子。"母亲的语气稍显焦躁。

"就是嘛，爸爸，都这种时候了，你在说些什么呀！"我帮腔道。

"可是，小雯真的非常喜欢蜜柑。一到冬天，她就净顾着坐在被炉①边吃蜜柑。"父亲的口吻充满怀念。

很难想象父亲与雯姐姐共同生活时,整个人究竟是什么样子,但我理解,在成为我的父亲之前、在与母亲相遇之前,父亲的确拥有他自己的人生,在那段人生中,雯姐姐是不可或缺的存在。那时的雯姐姐,比现在年少许多,甚至在比我还小的年纪就与父亲生活在一起。那是没有我也没有母亲参与的时光,是仅仅属于父亲和她的岁月。

"啊,我想到了一点。"待我们吃完杂烩粥,父亲恍然大悟道,"那年小雯似乎才念小学三年级。适逢暑假,我和她约好去海边玩,可公司临时有急事,这个约定终究没能兑现。"

"一定是因为这个。"我说,"那天姐姐是什么反应?哭了吗?生气了吗?"

"没有,她反倒安慰我,说既然如此,那就明年再去吧。"

"怎么可以!"父亲话音刚落,我便抗议似的喊道,"雯姐姐也太懂事了吧!"

说着说着,我对坐在对面的雯姐姐也有些不满起来。

从小我便经常同父母吵架,就在不久前,我还不依不饶地冲

---

① 日本冬季常见的取暖用具,在矮桌上搭一床棉被,桌下置有炭火或电动发热器。

母亲哭闹了一番。

"这么说的话,雯姐姐从来没和父亲吵过架喽?"不可能吧,我一面在心里念叨,一面不可置信地问父亲。这俩人明明是父女,却从不吵架,太不可思议了。

"让我想想啊。"父亲一只手托着腮,慢吞吞地开口道,"有的,有一次,我记得是小雯工作后的第一年。那天,她难得地主动约我吃饭,说自己领了奖金,想请父亲吃寿司,于是特意将我叫过去。吃完饭,小雯说'失陪一下',便跑到了店外,再回来时已是一身烟味。"

"是去外面吸烟了吗?"母亲问。

"是的,不过我怎么也不能把小雯和吸烟联系在一起,甚至当场对她说'这太不像你会做的事了'。然后,小雯罕见地顶撞了我一句'那什么才像我会做的事',说完,她迅速结账离开了寿司店。"

"接下来呢,发生了什么?"我迫切想知道后来的事。

"爸爸当然立刻追了出去,向小雯道歉。没想到,小雯竟然哭了起来,说:'爸爸究竟对我了解多少呢?我为什么不能抽烟?一直以来,爸爸都只看到我的某些侧面。'"

"那个时候,小雯一定觉得,终于可以对你说出心里的真实感受了。"母亲说。

母亲起身，往大家的茶杯里斟了些茶，当然，雫姐姐的茶杯也不例外。

"说真的，当得知小雫对自己的病情只字不提，打算独自扛下之后的所有事情时，爸爸心里非常失落。爸爸啊，是真的希望小雫能够依赖我，尤其在她撑不下去的时候，希望帮她渡过难关。爸爸心里过意不去啊！

"不过，这大概就是小雫的生存之道吧，或许其中贯穿着某种哲学道理。小雫一定在年幼时就深切领悟到人生的孤独，所以爸爸觉得，小雫并非乖巧，而是坚强。"

听闻此言，对面的雫姐姐神情颇为自豪，连连点头。

"是啊，这孩子并非乖巧，而是既温柔又坚强呢。"母亲赞同道。

"不举办葬礼吗？"我问。

"听说，小雫已将自己的身后诸事一一交代给玛丹娜女士了，爸爸决定尊重她的意愿。而且，爸爸认为凡是与小雫有缘之人，应该不拘泥于形式，只要在心里悄悄同她告别就足够了。"

"是呢，小雫一定走得很安详，我们也要好好为她送行才是。"母亲刻意用明朗的语气说着，眼泪却不由自主地淌下来。

"那么,这个周日,我来做千层可丽饼吧。"我自告奋勇地说,视线与对面的雯姐姐相撞,她的脸上浮起显而易见的微笑。

"话说回来,你为什么会同妈妈结婚呢?"见母亲去厨房洗碗了,我悄声问父亲。

我很清楚,哪怕是亲生女儿,也不该贸然打探父母的隐私。倘若小学时这么问,还算情有可原,而如今我马上就要成为一名初中生了,着实不该如此大大咧咧地盘问。也许那一小口啤酒真的令我醉意熏然,轻易地便对父亲说出这句话,明明还是个孩子,明明不该这样问。

"为什么会同你妈妈结婚呢?"父亲自言自语般重复道,毕竟,当时的父亲已经有雯姐姐了。

他的做法我虽理解,即那并非意味着他要舍弃这个女儿,但在旁人眼中,他的行为很可能就是这个意思吧。

"爸爸不想把一切都归咎于小雯。或许最主要的原因是,那时候爸爸还年轻,很多事情不懂得如何处理,也想拥有一位完全属于自己的爱人,于是擅自认为小雯能够理解爸爸的心思。"

这件事对父亲与母亲而言,恐怕就像一个转折点。此时,父亲的表情有些僵硬,嘴唇紧紧抿成一条线。

"当爸爸告诉小雫自己要结婚了,希望她和你妈妈见一面时,小雫当着爸爸的面哭了起来。爸爸很受打击,从未想过小雫会哭成这样。对于自己的无知,爸爸感到非常沮丧,心想原来自己一点也不了解小雫的内心世界啊。可爸爸没有办法,只能尽力解释,期望获得她的谅解。爸爸擅自以为,小雫得知这个消息后,会兴高采烈地接受爸爸的决定,也会为从今以后多了一位家人感到开心,甚至啊,爸爸还觉得自己是为小雫结婚的,这个想法实在傲慢得很。说来惭愧,爸爸终究只了解表面上的小雫。"父亲坦陈道。

"那时候,大家各有各的难处,"母亲在餐桌与料理台边忙来忙去,平静地开口道,"有些事从前很少向小梢提起。小梢的外婆身体不好,妈妈长年照顾外婆,几乎心力交瘁,是爸爸用他的爱支撑起了妈妈。爸爸和妈妈当然希望能与小雫一块儿生活,可小雫觉得那样做不太妥当。"

学校从没教过我们,一个人在这种举步维艰的情况下应当如何抉择。父亲有父亲的立场,母亲有母亲的立场,雫姐姐有雫姐姐的立场。当年的他们站在各自的立场,得出不同的结论,谁都没有过错,谁都不愿伤害对方。假如换作我是雫姐姐,我会怎么做呢?会发自内心期盼父亲获得幸福吗?

"真温柔呢。"雯姐姐应该还坐在对面,我凝视着她的眼睛说道。视野被泪水晕染,雯姐姐的身影变得一片模糊。她的温柔令我潸然泪下。我想,雯姐姐一定很爱父亲,也一定非常珍惜他。

"真想见见她啊!"母亲喃喃地重复了一遍。

"不过,或许没能相见也是好事。对彼此而言,这样的做法更合情理。"

只有雯姐姐的碗里仍然堆满食物,但热气已消散不见。

父亲为我和雯姐姐端来饭后甜点,是布丁。每当我患感冒,父亲一定会买这种布丁给我解馋。今日我并未感冒,但却是雯姐姐离开的第二日。尽管事实上雯姐姐已经离开,她却依旧坐在我对面。

"给,慢慢吃。"

父亲特意将包装盒中的牛奶蛋糕布丁倒盛在餐盘里。焦茶色的奶糖黏稠地淌下,宛如眼泪。

"小雯很喜欢爸爸像这样将布丁端给她。一个人看家的时候,她要求爸爸带回的奖励品也大多是布丁。以前啊,我们家附近有那种风格古旧、由老爷爷和老奶奶经营的点心铺,小雯尤其喜欢那里的布丁。"

看见布丁，对面的雫姐姐不觉流下眼泪。或许是因为太开心了吧，我立刻读懂了她的想法。多么渴望一直与姐姐这样相对而坐！

"听点音乐吧。"

饭后收拾完毕，母亲回到桌边坐下。今日的晚餐果然与往日别有不同，也许时间的流逝更加缓慢，我想，这一定是雫姐姐离开了我们的缘故。

"也对，那么听点什么好呢？"

父亲打开播放机，乐音在室内流淌。我没听错，果真是巴赫的无伴奏大提琴组曲。听说，小时候每当听到这首曲子，我便会不停哭嚷着"好可怕好可怕"。

后来听得多了，身体渐渐对它不再排斥，如今我反倒很愿意听。这曲子令人心情平静。也不知道，我的这些感受有没有传达到父亲的心里？

父亲走到沙发旁坐下，我紧挨着他坐过去，沉浸在饭后的余韵中。乐音似乎钻入体内，在五脏六腑深处激起共鸣。

这是与今日、与此刻的氛围无比相称的乐音。大提琴代替我落下眼泪。透过它的眼泪，我看见晴朗的夜空里，几束静谧的光从云缝中无声地投下，与离开临终安养院那日闯入视界的大海一样壮阔。

"爸爸，帮我掏掏耳朵吧。"

我从茶几抽屉里拿出掏耳勺递给父亲。大提琴的乐音听得我耳朵深处痒痒的，忽然很想让父亲为我掏耳。

在我懂事之前，为我掏耳的任务向来由父亲承担。父亲动作轻柔，任谁都会在那般温和的动作下昏昏欲睡，如坠梦境。念小学时，班上的同学大多知道父亲擅长掏耳，一时间，连与我关系并不亲近的同学也纷纷跑来家中玩耍。父亲掏耳时格外谨慎，却毫不踌躇，富有某种奇妙的节奏感。掏完后，大家都感觉自己的耳朵重获新生。母亲对父亲向来直言不讳，提意见时总是毫不留情，唯独对掏耳一事信赖有加，不置一词。我从小就喜欢看父亲为母亲掏耳。

"过来吧。"

父亲拿着掏耳勺，在膝头放了一张靠垫，调整好高度，让我把头枕在上面。

"合适吗？"父亲问。

我没有出声，只是深深地点了点头。

我闭上眼睛，大提琴的乐音飘来耳畔。哪怕已经听过无数次，我仍旧不敢相信这段演奏来自一个人、一把乐器。无数音符构成悦耳的阶梯，存在于乐音牵引下的冥想之中。

父亲一边为我掏耳，一边絮絮地说着。年轻时候，他的梦想是成为一名音乐家。

"因为想要成为职业大提琴家，爸爸当年刻苦念书，考入了音乐大学。爸爸有个双胞胎姐姐，名叫珠美，她啊，十分支持爸爸的音乐家梦想，高中毕业后立刻外出工作，资助爸爸念音乐大学。她不满二十岁便结了婚，二十五岁前有了身孕。那个孩子，便是小雫。

"不料她与丈夫被卷入一场交通事故，双双罹难，留下尚在襁褓中的小雫。当时，能够留在小雫身边照顾她的大人只有爸爸。

"那时候，爸爸尚且怀揣着成为音乐家的梦想，内心犹豫不决。可事故发生后，爸爸断然放弃做一名职业大提琴家，坚信只有老老实实去公司就职、领取薪水，保证小雫的一日三餐，将她抚养成人，才是对珠美与她丈夫最好的回报方式。当然，一个年轻男人忽然成为单身爸爸，生活中必定会碰上许多困难，可与此同时，小雫也赋予了爸爸生存的意义，或者说生之喜悦。对爸爸而言，小雫是比大提琴更重要的存在。"

父亲自言自语般絮叨着，我听得昏昏欲睡，仿佛只要稍微放松心神，就会沉沉睡去。

中途我翻了个身，以便父亲为我掏另一只耳朵。父亲果然是掏耳的天才。待他掏完，我已舒舒服服地进入了梦乡。

"姐姐。"
"小梢。"

我与姐姐站在宽敞的庭院中。天空晴朗，泛着夺目的光泽。我们仍是孩提时的模样，穿着款式相同的白色连衣裙，赤脚走在青草丛生的土地上，心情无比愉悦。

我们手持水龙带，冲对方喷水。

我们手牵手在草地上奔跑。一直跑，一直跑，追逐远方无尽的地平线。跑着跑着，一只白色小狗也加入了我们，一定是那天在临终安养院见过的六花。

姐姐一边跑，一边对我说："我啊，已经欣赏过喜爱的音乐，见到了早苗阿姨，还请父亲为我掏了耳朵，真的毫无遗憾了呢！这一切都是小梢的功劳。感谢小梢能够察觉我的存在。不要害怕，我会一直留在这里。"

姐姐的声音听起来那样活泼。

我们始终手牵手不停地奔跑。伸向远方的地平线，恍如漫无尽期。

梦中的感觉过于真实，惊醒的刹那，我只觉脑子里一片空茫。从沙发上坐起身，我发现屋子里没有点灯，胸前盖着一条毛毯。方才，我让父亲为我掏耳，然后枕在他的膝盖上睡过去了。家中静悄悄的，唯有冰箱发出呜呜的低鸣。

我家便是如此。倘若父亲和母亲见我睡得正香，绝不会强行唤醒我，不会唠叨"睡前不刷牙会生蛀牙"，不会唠叨"睡在沙发上会感冒"，不会唠叨"快起来洗澡"。他们什么都不会说。没错，因蛀牙痛得嗷嗷叫的人是我，因感冒不能去学校导致功课一塌糊涂的人也是我，因没有洗澡感觉浑身不适的人还是我。简而言之，这些只是我自己的责任。

我从沙发上起身，拉开窗帘。映入眼帘的不再是梦中宽敞的庭院，而是由母亲日日悉心打理的小小院落。雨彻底停了，夜空中繁星闪烁。

我仍记得，梦中发生的一切历历在目。平日里做梦，我总是睁眼即忘，然而方才与雫姐姐互相喷水的事，还有跑过草地的情景，似乎点点滴滴都留在我的心上。水花溅上皮肤的触感，姐姐的欢笑，彩虹的光芒，握紧她的手时传递到掌心的温度，这些记忆都好像刻在我的体内。

我打算明天再洗澡，总之先将牙刷干净，接着换上睡衣。做完这一切，我没有回自己的房间，而是直奔父母的卧室。我轻轻推开门，只见父亲和母亲躺在大床上睡着了。我从门缝钻进去，蜷缩在他们身边。在此之前，我以为自己早已长成大姑娘，不会同父母睡在一块儿。

可是，今日情况有些不同。我知道，从今日开始，自己不再孤单一人。

无论何时，姐姐都将陪在我身边。

我希望姐姐也能感受这份来自父母的温暖。这一定也是姐姐的心愿。

父母的气息包围着我，让我无比眷恋。我很快进入梦乡。这一次，姐姐没有再出现。

第二天，我被母亲的惊呼声吵醒。

听见母亲的声音，我立刻想起姐姐曾在梦里称她为早苗阿姨。我睡意迷蒙地坐起身，总不能一直赖床。神思恍惚之下，我的脑海中浮现起昨夜的情景。

"小梢，过来一下，快点，快点。"母亲惊呼道。

母亲很少亲自唤我起床。在我家，睡懒觉是个人的自由，只要本人还睡着，家里人便置之不理。

"怎么啦？"

我在睡衣外面罩了件毛衣，匆匆走出去。室外阳光耀眼。

"快看，小梢在这里种了球根花卉吧？"母亲蹲在庭院一角对我说。

"球根花卉？不是我种的呀。"

说实话，我十分害怕蚯蚓，平日里从不肯踏进庭院一步。

"那天，妈妈明明将这里的花全摘了，给小雫做成了花束。按理说，这么短的时间，这里不该再有嫩芽冒出来嘛。"不知为何，母亲的语气有些兴奋，"小梢，是不是你恶作剧，悄悄种了球根花卉？"

"都说了不是我呀。会不会那些球根花卉是妈妈以前种下的，直到现在才发芽？"我说，委实不明白母亲为何如此大呼小叫。

"不，绝不可能。妈妈要种球根花卉的话，一定会好好计算一番。再说，这里本来就没有种球根花卉啊！"

听闻此言，我脑海里忽然闪过一个念头，该不会是……不，应该不可能吧。

我想了想,说:"或许这是雯姐姐送给她的早苗阿姨的礼物?"

这番措辞委实没大没小,本以为会惹母亲生气,可她看上去似乎领会了我话中的意思。

"以前,妈妈就非常喜欢郁金香。对啊,一定是小雯。妈妈的心意终于传达给她了。"然后,母亲望着庭院的一角,轻声道,"谢谢。"

我忽然明白过来,昨夜雯姐姐曾说"会一直留在这里",大约便是这个意思吧。

那之后不久,我收到了一份小小的礼物。

信是从狮子之家寄来的,其中附有雯姐姐为参加下午茶会写好的点心菜单,以及当时烤制千层可丽饼的食谱。

直到生命最后一刻,雯姐姐也想品尝千层可丽饼。尽管她最终没能吃下,然而没关系,我与父亲已经为她尝过。

一定,就是这么回事。

至于"这么回事"究竟是怎么回事,现在的我暂时没法用语言表达。

可我知道,雯姐姐将永远陪在我们身边,与我们一块儿欢笑，度过漫长岁月。

这便是对我家而言，最珍贵的事。

第二日

雫小姐，此时此刻，您的眼中映现出了怎样的风景？

想必您的身心皆已获得自由，正欢喜雀跃地飞往任何想去的地方。

我的任务，是见证每位客人的余生，迎送他们直至最后一刻来临。

迄今为止，我目睹过无数客人的死亡，但无论经历多少次，都绝不敢保证自己为他们做到了尽善尽美，心中必定残留着诸多后悔。譬如我会想，"当初如果那样做会更妥善""要是尽量尝试这样做该多好"，等等。

面对雫小姐时，亦是如此。明知您想再吃一次那道名为"苏"的糕点，明明自己也将此事记在心上，却终是没能为您实现。为此，我感到无比后悔，哪怕明知后悔于事无补，也依然沉浸在后悔之中。不过，您倒是绝口不提此事。

让我欣慰的是，您每次都兴致勃勃地期待着下午茶会。对我们的身体而言，点心也许并非必需之物，但我想，正因为有了点心，人生才会变得丰富多彩。点心是心灵的养分，是人生的嘉奖。

自从目睹了您的离去，我们所有工作人员日日都被温和的空气笼罩。这都是您的功劳。"感谢款待。"最后的最后，您确实这样说过。这四个字多么深情、美好，果然符合您的说话风格。我想，您的人生应当无比美妙吧。您真的为自己画上了完满的句号，离开得异常潇洒。

我越发感觉，人之一生，犹如一根蜡烛。

蜡烛无法点亮它自己，也无法主动熄灭。一旦燃起烛火，只能静待蜡炬成灰的时刻。当然，它也偶尔会像您的亲生父母一般，在巨大的外力作用下倏然熄灭。

生，即意味着成为某人的光。

消耗自己的生命，化作他人的光。只有这样，人与人才能彼此照亮。想必您和养育您长大的父亲也是这样，多年来始终相互支撑，努力生活。

狮子之家的正门入口处，蜡烛燃烧了整整一夜，都是为祭拜雫小姐而点的。奇怪的是，昨晚的风也劲，烛火却未熄，直至燃烧殆尽。而且，最后的最后，它们安安静静地屏住呼吸，化作青烟升上天空。

我悄悄想着,那道消失于天际的青烟,大约便是人的灵魂吧。您觉得呢?

趁我还没忘记,姑且占用数行为老师传几句话。

雫小姐,您在离开的那天夜里造访了老师,对吗?听老师说,他亲口向您道了谢。总之,那位老师十分胆小,尤其畏惧死亡。用老师自己的话说,明明您已去世,却仍然不忘来到床前同他道别,啰啰唆唆地不停说教。不过,与您聊着聊着,老师打从心底感到轻松愉悦,对死亡的恐惧也淡了不少,最后反倒能像平日那般,声色俱厉地催促您"快点轮回往生去吧"。

请您放心,六花仍旧活蹦乱跳,与往常无异。一连几日,我们都喂给它特大份猪骨。我总是忍不住想,或许六花也用自己的方式接纳了您的离开。

祝您旅途愉快!

一直以来,这都是我为离去的客人献上的临别赠言。

所以,雫小姐,也祝您旅途愉快!

从今往后,您的灵魂会迎来崭新的舞台。

我坚信未来必将如此。

最后问一句,上次我们聊过的orgasm,您感觉如何?

第三日

"六花,出发喽!"我站在狮子之家的大门口唤道。

六花闻声,猛地从走廊里蹿出来。此前我已跟玛丹娜打过招呼,听说今日刚巧有新的客人抵达港口,她必须前去迎接。玛丹娜真是三百六十五日坚持工作,从未歇息。

新来的客人恐怕会入住雫小姐的房间吧。当年老妈没来得及搬进狮子之家就过世了,如今有不少人期望在这里迎来自己的最后时刻。

插画师阿信算是我为数不多的好友之一。或许这么说不太恰当,总之我让阿信将他自己创作的雫小姐与六花的肖像画作为遗物送给了我。眼下,这幅画正装饰在我家玄关的墙上。

雫小姐去世了,这当然不是什么值得开心的好事,然而要说多么悲伤,也不太准确。非要用语言形容的话,那就是我的内心充满遗憾,是那种再也无法见到她的遗憾。我的悲伤,或者说哀切,已在她离世之时用尽。与那天相比,如今我的心却是干燥了许多。

由于六花坐在车后座上,我得比平日更加小心地开车。二月的柠檬岛，已经告别了冬季。春日的阳光温柔地投射下来，晒得地面暖洋洋的。泥土之下，嫩绿的生命蓄势待发。

距离雫小姐最后一次带着父亲与妹妹前来葡萄田已经过去好几日了。那一天，雫小姐的身体已相当虚弱。尽管虚弱，她的双眸依旧熠熠生辉，充溢着坚强的力量，令我瞬间联想到冬日寒空下，竭力舒展根茎的葡萄幼苗。此外，我从雫小姐身上还体会到一种宛如葡萄幼苗般安静蔓延的敬畏之感。花叶与果实早已落尽，独留光秃秃的藤蔓，但恰好所有的能量又都聚集在这根细长的藤蔓中。那日的雫小姐，浑身溢出某种可怕的生命力，犹如用过滤器滤掉了人生一切多余之物。

那段时间，我正打算为葡萄田的捐助者栽种葡萄幼苗。获悉情况后，雫小姐的父亲当即决定捐助。于是，雫小姐与她的妹妹也各自拥有了一株葡萄幼苗。

当时的雫小姐为何拥有那般强大的力量？时至今日，我依旧觉得是个谜。明明不得不依靠轮椅行动，雫小姐却在两名工作人员的搀扶下，从轮椅上站起身，竭力凭借自己的双腿，脚踏实地地行走在葡萄田里。原本以为人在失火现场才会爆发出巨大的力气，没想到，临终之人的体内也寄宿着类似的力量。或许，正因为她本人在内心深处不断祈祷，隐藏在体内的无形力量才会回应她的心愿，陪伴她最后一次行走在天空之下。她的步伐让我感动，那是幼儿一般仅靠自己的双腿初次行走的蹒跚。

见此情形，雯小姐也颇为惊讶，继而感动不已。不过，比她更兴奋的显然是她的父亲。

"小雯，小雯，小雯，小雯。"她的父亲旁若无人地大声唤道。

待雯小姐好不容易走到他面前，他紧紧地将她拥入怀中。面对父亲，雯小姐仿佛一个天真无邪的孩童，撒娇般握住他的手，久久不肯松开。然后，他们一块儿种下葡萄幼苗。她的父亲在幼苗上系了一块标牌，上面写有"小雯"的字样。

"要一块儿变成甜美的葡萄酒呀！"雯小姐怜爱地抚摸着葡萄幼苗，轻声细语道。

事实上，她早已无法开口说话，我的耳边却清晰地回荡起她的声音。不是"请你变成"，而是"要一块儿变成"。我想，这句话包含的意思或许是雯小姐希望自己能与这株幼苗一道化作美味的葡萄酒吧。

然后，她轻轻地说："田阳地君，拜托你了。"

话音落下，她闭上了眼睛。

真是奇迹。那个瞬间，雯小姐竟然能靠自己的双腿行走，还能亲手种下一株葡萄幼苗。除却"奇迹",我找不到别的字眼来形容。我想,奇迹果真并非诞生于人死之后,只有活着,我们才能遇见奇迹。

"我会用心照料它,让它变成美味的葡萄酒。待酒酿好,我便亲自为您送去,请一定等到那天。"

我对雫小姐的家人许下了承诺。

"喂,所以说,我们可不能半途而废,要好好负起责任呀!"我凝视着后视镜中映出的六花,对它说道。

那是雫小姐实实在在用自己的生命栽种的葡萄幼苗,绝不能让它枯萎。

我确认了一遍时间,约定的时刻即将来临。

那天傍晚,我曾答应过雫小姐,在她踏上"旅途"的第三日黄昏,会带六花来这片沙滩上与她挥手道别。约定的时间,就快到了。

"差不多可以开始了。"

闻言,六花乖巧地来到我身边坐下,仿佛完全理解这个约定的意义。同我一样,六花目不转睛地凝视着黄昏的天空。

我拼命地朝天空挥手,六花也不停地摇着尾巴。

"要保重啊!

"假如遇见老妈，代我向她问好！

"谢谢你！"

我声嘶力竭地大喊。

一刹那，脖子上的围巾随风飘扬，仿佛忽然跳起舞来。不，它的样子并非在起舞，而是顽皮地拉着我嬉闹不止。在此之前，海边明明一丝风也没有。

六花威风凛凛地吠了几声，汪汪，汪汪。

我忽然仰起头，望向天空，美丽的光束正朝夕阳沉落的方向飞去，宛如流星划过暮霭。我目送着那些明亮的光影，不停挥手，直至夜色将世界彻底包围。

我重新将围巾紧紧绕在脖子上，此时从围巾上传来的，确确实实是雫小姐的气息。

译后记

二〇一八年秋天,我在日本旅行。从漂浮于濑户内海的某座离岛,东西向大移动至东京近郊的镰仓。

从四国,到本州。从《狮子之家的点心日》,到《山茶文具店》。

乍看之下,仿佛追寻作者小川糸的书写痕迹,完成她笔下季节的循环。那时候,我尚不晓得自己将在两年后邂逅这部小说,作为译者参与故事的"重构"。

"狮子之家"位于濑户内海上的一座温暖岛屿,而女主角甫一登场,即被宣告余生无几,她所面对的,是流沙般迅速溃散的时间。在充满生之色彩与淳朴人情的海岛上描绘死亡未免残忍,好在不断出现的美食及时抚慰了我们的神经,一道点心便是打开一扇记忆之门的钥匙,让死亡变成神情迷蒙的夕阳,躺在薄暮时分的海岸线上打出茜色的哈欠,听相爱之人轻声说再见。

在狮子之家，没有一位客人的余生被浪费。每一天，食堂里、走廊下都充满闪闪发光的微小希望。告别、悲伤、孤独、死亡、光……这些日剧中司空见惯的主题，被一行一段串联起来，以眼泪、忧虑、畏惧为基石，配上海蓝色的腔调，化作纯白的终焉之歌，不着痕迹地教会我们生命只需好，不需长。

年初和夏天时，两位对我来说格外重要的亲人相继离世。记得译写的日日夜夜，我的内心清晰地分裂为几个自我。一个同自身的悲痛抗衡，一个同女主角交谈，一个同作者交谈，还有一个仿佛提着灯笼，与读者站在萤火明灭的水面之上，遥望尘世。

尘世宛若巨大旅舍，浮荡着财富、地位、名誉、情色等种种合理的、不合理的欲望，有时我们须以阅读来澄清周身偏执的泥沙。

对这本书的态度或可如此。最好待夜深人静时，捧一杯白水，周遭无星辰，无月色，无虫鸣，无乐音，只有你与深深海域，然后一灯如豆，照出书间瑰妍幻境。

吉田兼好在《徒然草》中说："万事皆非，不足言，不足愿。"

可见没有一种语言能将亿万概念表述殆尽。而译者着实是一种奇妙的介质，以读者、助手，甚至修饰者的多重身份，与作者展开对话，踏足角色的内心，探进言语背阴处，在无光无声的幽寂深海，默默加工、再创整个故事。这一过程，首先需要审视、理解、释义，继而是转换、提炼、阐述。小说完成之时，藏纳无数虚构与臆测，唯有让文字引燃的焰火在整片夜空中飞溅开来，被无数人小心翼翼地触碰、接纳，才可编织出各种各样的"意义"。

至此，一本书便完成了它的绝大部分使命。

二〇二〇年对所有人来说都十分不易，生命本身变得空前脆弱而无常。愿这本小书予你勇气，以及温柔时刻。

感谢我的编辑为译稿的出版工作付出大量心血。感谢大家的择取与阅读。

廖雯雯　二〇二〇年冬

LION NO OYATSU
Text Copyright © 2019 Ito Ogawa
All rights reserved.
First published in Japan in 2019 by POPLAR Publishing Co., Ltd.
Simplified Chinese translation rights arranged with POPLAR Publishing Co., Ltd.
through PACE Agency Ltd.

©中南博集天卷文化传媒有限公司。本书版权受法律保护。未经权利人许可，任何人不得以任何方式使用本书包括正文、插图、封面、版式等任何部分内容，违者将受到法律制裁。

著作权合同登记号：图字 18-2021-021

图书在版编目（CIP）数据

狮子之家的点心日 /（日）小川糸著；廖雯雯译 . -- 长沙：湖南文艺出版社，2021.4（2024.12重印）
ISBN 978-7-5726-0107-1

Ⅰ.①狮… Ⅱ.①小…②廖… Ⅲ.①长篇小说—日本—现代 Ⅳ.①I313.45

中国版本图书馆CIP数据核字（2021）第035702号

上架建议：畅销·日本文学

SHIZI ZHI JIA DE DIANXIN RI
狮子之家的点心日

作　　者：	［日］小川糸
译　　者：	廖雯雯
出 版 人：	陈新文
责任编辑：	匡杨乐
监　　制：	邢越超
策划编辑：	李彩萍
特约编辑：	汪　璐
版权支持：	金　哲
营销支持：	文刀刀　杨秋怡
封面设计：	梁秋晨
版式设计：	李　洁
封面插画：	［日］高安恭之介
出　　版：	湖南文艺出版社
	（长沙市雨花区东二环一段508号　邮编：410014）
网　　址：	www.hnwy.net
印　　刷：	天津丰富彩艺印刷有限公司
经　　销：	新华书店
开　　本：	875mm×1230mm　1/32
字　　数：	138千字
印　　张：	8
版　　次：	2021年4月第1版
印　　次：	2024年12月第4次印刷
书　　号：	ISBN 978-7-5726-0107-1
定　　价：	49.80元

若有质量问题，请致电质量监督电话：010-59096394
团购电话：010-59320018